三島由紀夫の日蝕

完全版

石原慎太郎

実業之日本社

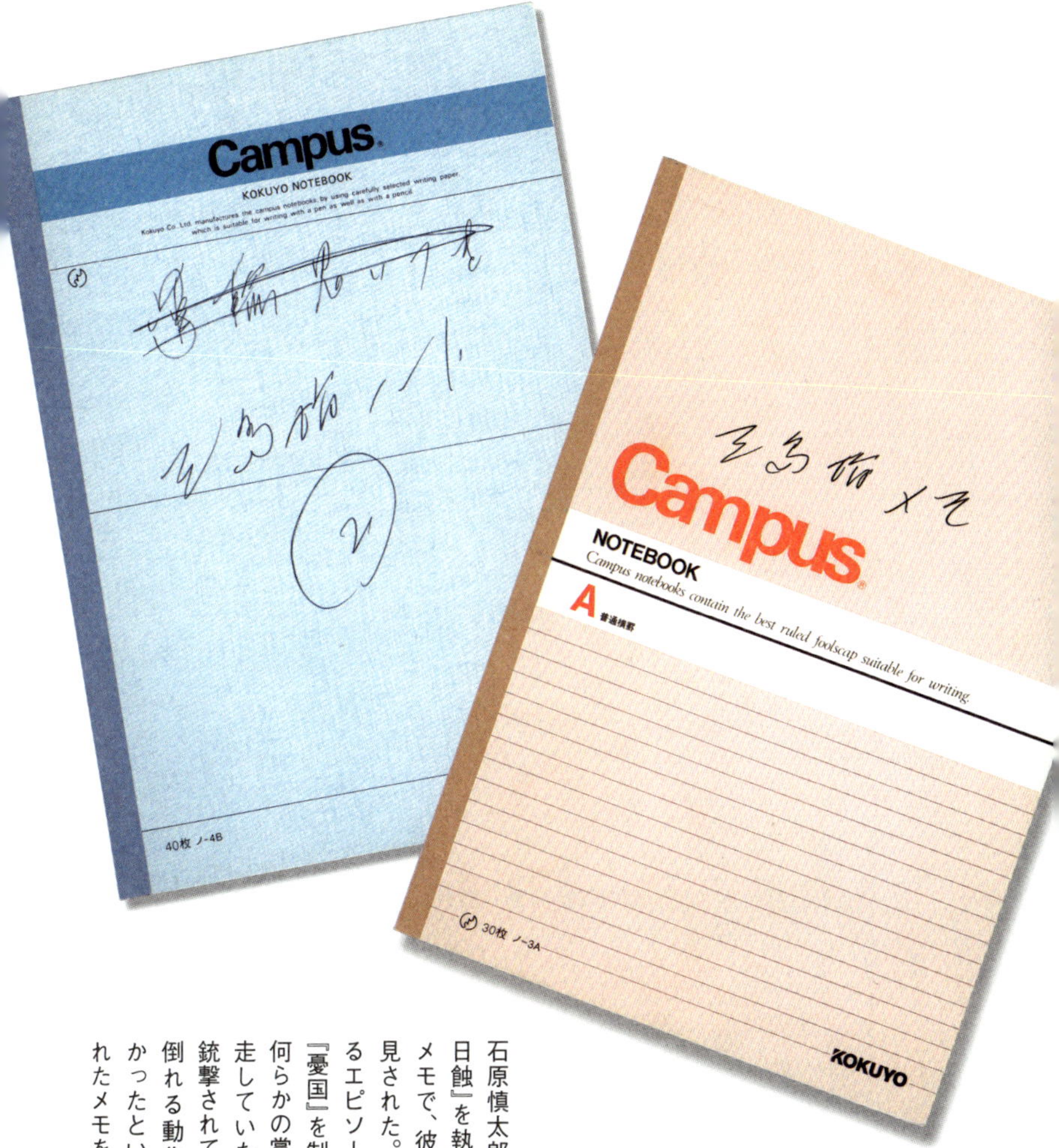

石原慎太郎が『三島由紀夫の日蝕』を執筆する際に残したメモで、彼の遺品の中から発見された。本書に記されているエピソード——三島が映画『憂国』を制作し、この作品で何らかの賞を受賞したいと奔走していた話や、主演映画で銃撃されて仰向けに格好良く倒れる動作がうまくできなかったという逸話——が書かれたメモを公開。

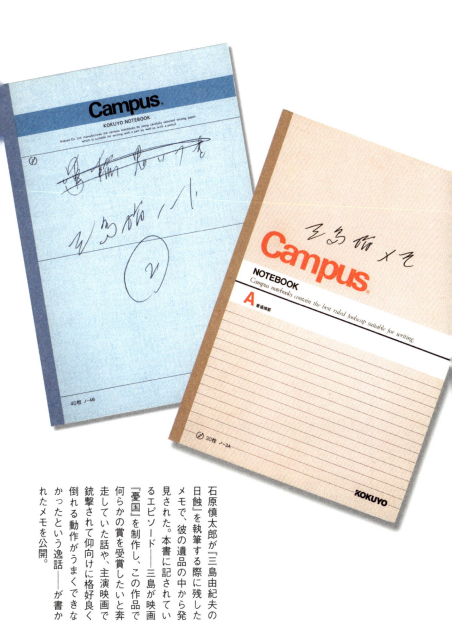

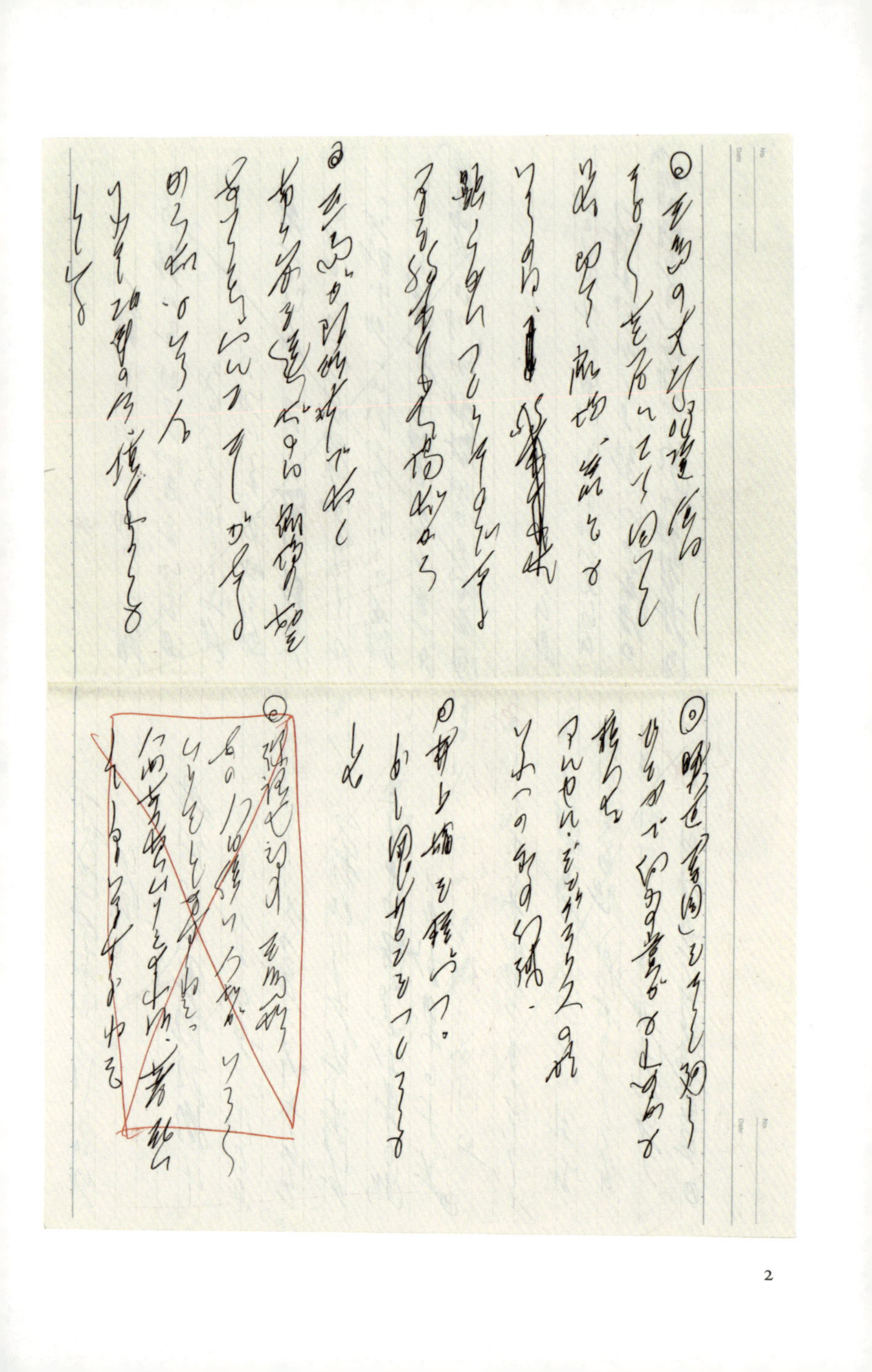

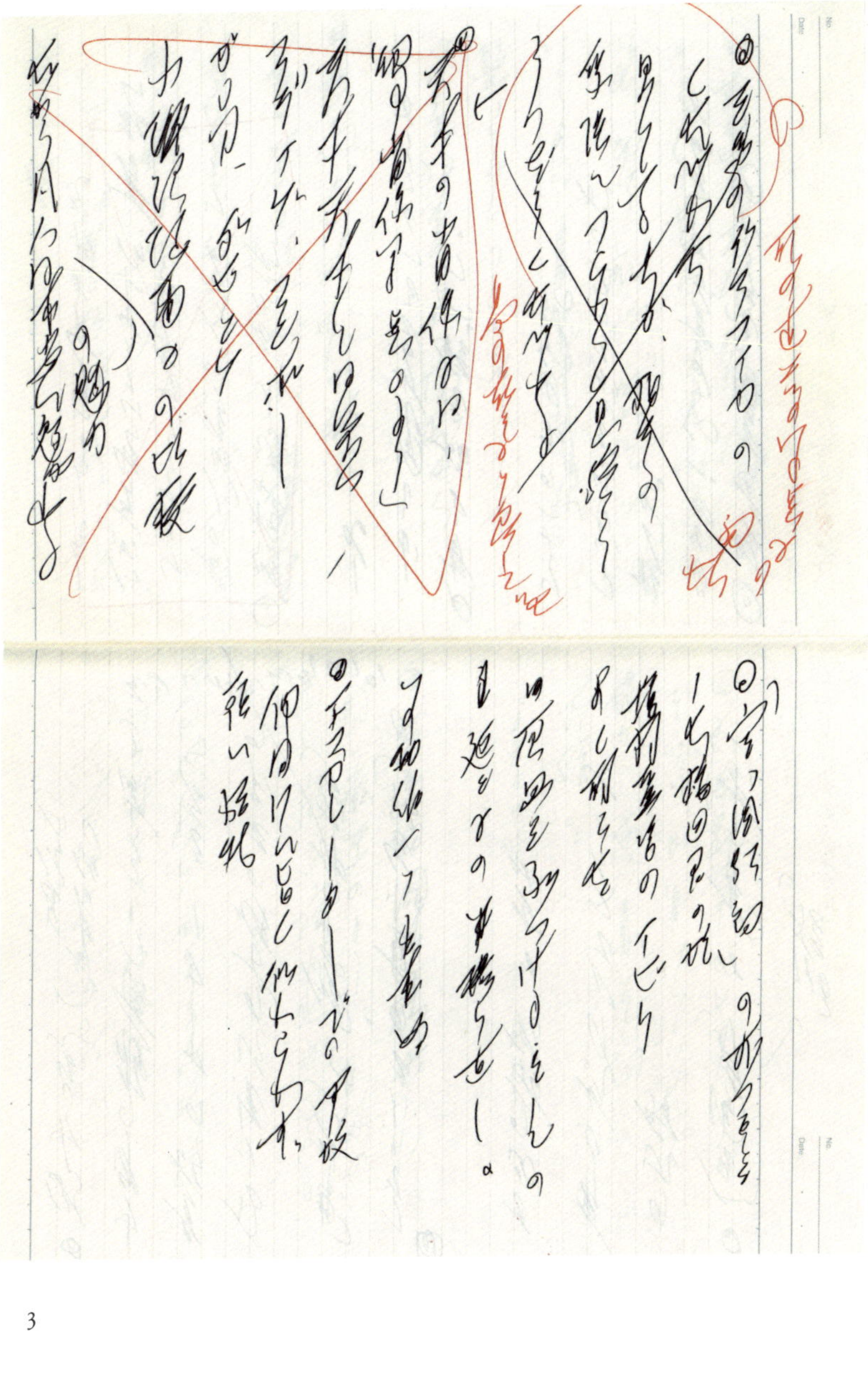

これは1960年に筑摩書房から出版された石原慎太郎の初期代表作を集めた新鋭文学叢書という選集第8巻に三島由紀夫が書いた解説文の一部をプリントアウトしたものです。石原慎太郎本人が大切な箇所に線を引き、メモ書きを加えています。P.258には三島が小説『太陽の季節』について解説した「ある既存の価値を破壊することは、しょせん別の価値の創造なり肯定に繋がっていくという逆説的な価値論」が書かれていて、石原はこれ読んで、三島が石原の将来の政治参加を的確に予言していることに驚き、胸の奥にしまいました。星印をつけて力強く書かれた赤いメモ書きにはそういった内容が書かれていると思われます。P.259では三島によって『太陽の季節』の主人公・龍哉についての分析がなされていますが、逆に石原はここで三島が考えた龍哉の二つの恐怖の対象「退屈」と「悔恨」を使って、『三島由紀夫の日蝕』の最後の部分で三島由紀夫の人生が何であったのかを問いかけています。つまりこの本は、石原が終生感謝していた三島による解説文を基にして書かれた評伝と言えるでしょう。本全体の印象は三島に対する批判に埋め尽くされているように思われますが、その全てが愛憎半ばの三島由紀夫に対する強く複雑な思いを込めて書かれていると言えるのではないでしょうか。

（文・石原延啓）

解説

三島由紀夫

1

石原氏はすべて知的なものに対する侮蔑の時代をひらいた。日本ではこれは来るべくして、一度も来なかつた時代である。戦前の軍部独裁時代は、知的ならざる勢力が、知的なものを侮蔑した時代である。しかし石原氏のひらいた時代はこれとはちがつてゐる。それは知性の内乱ともいふべきもので、文学上の自殺行為だが、これは文学が蘇るために、一度は経なければならない内乱であつて、不幸にして日本の近代文学は、かうした内乱の経験を持たなかつた。日本の自然主義文学は、反理智主義といふよりは、肉慾の観念そのものが、輸入された知的観念であつて、自然主義文学は本質的に知的な点で、一種の啓蒙主義に類してゐた。

2

私はこの解説を書くために「太陽の季節」以下の諸篇を読み返したが、あれほどのスキャンダルを捲き起した作品にもかかはらず、「太陽の季節」が純潔な少年小説、古典的な恋愛小説としてしか読めないことにおどろいた。これはあたかもレイモン・ラディゲの「肉体の悪魔」が蒙つた運命に似てゐる。ただ石原氏は今にいたるまで「ドルヂェル伯の舞踏会」を書いてゐないだけである。もちろん氏は、「そんなものは書く気はない」と揚言するだらうが。

「太陽の季節」の性的無恥は、別の羞恥心にとつて代られ、その徹底したフランクネスは別の虚栄心にとつて代られ、その悪行は別の正義感にとつて代られ、一つの価値の破壊は別の価値の肯定に終つてゐる。この作品のさういふ逆説的性格が、ほとんど作者の宿命をまで暗示してゐる点に、「太陽の季節」の優れた特徴がある。

すなはち、龍哉は「愛」といふ観念を極度に怖れる。これはロマンチック文学の恋人たちが、「愛」といふ観念に奉仕するために恋愛をはじめるのと、全く逆の事情である。しかし彼があんまり「愛」の観念を怖れるので、それはあたかもスタンダールの「アルマンス」の主人公オクターヴが、自分の不能のために「愛」の観念を怖れるのと同様、この小説中に進行する男女関係に、いやでも「愛」が顔を出さなければならぬといふ強迫観念を読者に与へる。これは世の常の恋愛小説の主人公たちが、「心ならずも」愛するにいたるサスペンスと同断である。果して英子の死によつて、「愛」はあからさまにその顔を現はす。……ここに小説家の工《たく》みがあるけれど、こんな救ひのために、「太陽の季節」は作品として本質的な恐怖をもたらさない。

その代り、主人公のたえざる恐怖は、読者に深い印象を与へる。この肉体的に強力な青年は、どうしてこんなにもたえず怖れるのか。彼が怖れるのはいつも不定形な情念で、明確な肉体的闘争には勇気を失ふことがない。

「あ奴は恋なんかしてるから女は知らねえよ」

そして龍哉は女の涙を怖れる。

「英子の眼に涙を見て龍哉は目をそらした。

『涙は苦手でね』

龍哉は子供を持つことを怖れぬつもりでゐたが、丹前をはだけた姿で子供を抱いてゐるチャンピオンの写真を新聞で見て、ぞっとする。彼の英雄主義のイメーヂは崩され、「スポーツマンとしての妙な気取りの為に」、赤ん坊が、つひにはその母が殺される。

英子の葬式のかへりに涙を流す自分を龍哉は怖れる。

「龍哉はそんな自分が歯ぎしりする程癪だった」

そしてはねまはるパンチング・ボールの中に、「何故貴方はもっと素直に愛することが出来ないの」と言ひつゞけてゐるやうな英子の幻の笑顔を見て、それを怖れる。

「彼は夢中でそれを殴りつけた」

——かうして龍哉の恐怖の対象には、一定の系列のあることが明らかにされる。それは情熱の必然的な帰結である退屈な人生と、もう一つは、情熱が必然的な帰結を辿らなかつたときの、人生と共に永い悔恨と、この二つである。そしてこの二つのどちらか一つを、人は選ぶやうに宿命づけられてゐる。「太陽の季節」があれほど、夏の短かいさかりのやうな強烈で迅速な印象を与へたのは、これらの恐怖に対する青年層の共感があつたためであり、又あれほど「新らしい」印象を与へたのは、これらの恐怖の対象の正確な選び方にあつたと思はれる。なぜなら、龍哉の怖れてゐるものに、人々は同時に、象徴的な意味を読んだのである。彼が怖れてゐる愛とは、実は日本の古い腐れきつた諸観念の復活であり、彼が怖れてゐる退屈な人生とは、あらゆる青春の栄光に汚辱を与へる古い慣習の姿に他ならないからだ。

かくてこの小説の観念的な図式は明確である。龍哉が、「愛」の観念の純粋性を救ふためには、その愛の対象を殺して、自らは悔恨に沈まなければならない。もし彼が「愛」の観念を全面的に受け入れるならば、彼は世俗に屈服して、「丹前をはだけて子供を抱か」ねばならない。これが石原氏の考へた「日本の現実」といふものであり、この作品そのものよりも、この作品の物語が水溜りにうかんだ油の虹のやうに光彩を放つてゐるとすれば、その水溜りのはうで人を感動させたのだとも言へよう。

上記の写真は、1957年5月7日、日大ボクシング部の合宿所前で撮影された一枚で、石原慎太郎と三島由紀夫が写っている。本書にも記されている通り、三島がボクシングの試合に出場した際に、石原が招かれた場面を捉えたものである。一方、右の写真は、1963年に三島が石原を自宅に招いた際に撮影されたものである。

この間は電話で失礼。雑誌の出る前に、けふ玉稿を校正刷で拝見しました。そこでこれから、創作月評のロード・ショウを開陳します。これは全く小生の個人的意見と御承知下さい。

讀んで大へん面白かったが、一寸The Delicate Preyというアメリカ小説の感じに似てゐるのが不満でもある。石投げの刑のところがすばらしい。あそこの一頁は宝石のやうな感じだ。あの描写の密度がおしまひまでつゞいてゐたら、と思ひました。女のいざこざは不要の感もあり。スタイルは「完全な遊戯」と同様、貴兄の趣味のよいはうのスタイルに属します。妄評何卒不悪。又いづれ拝眉の節、万々。

匆々。

S34・6・6

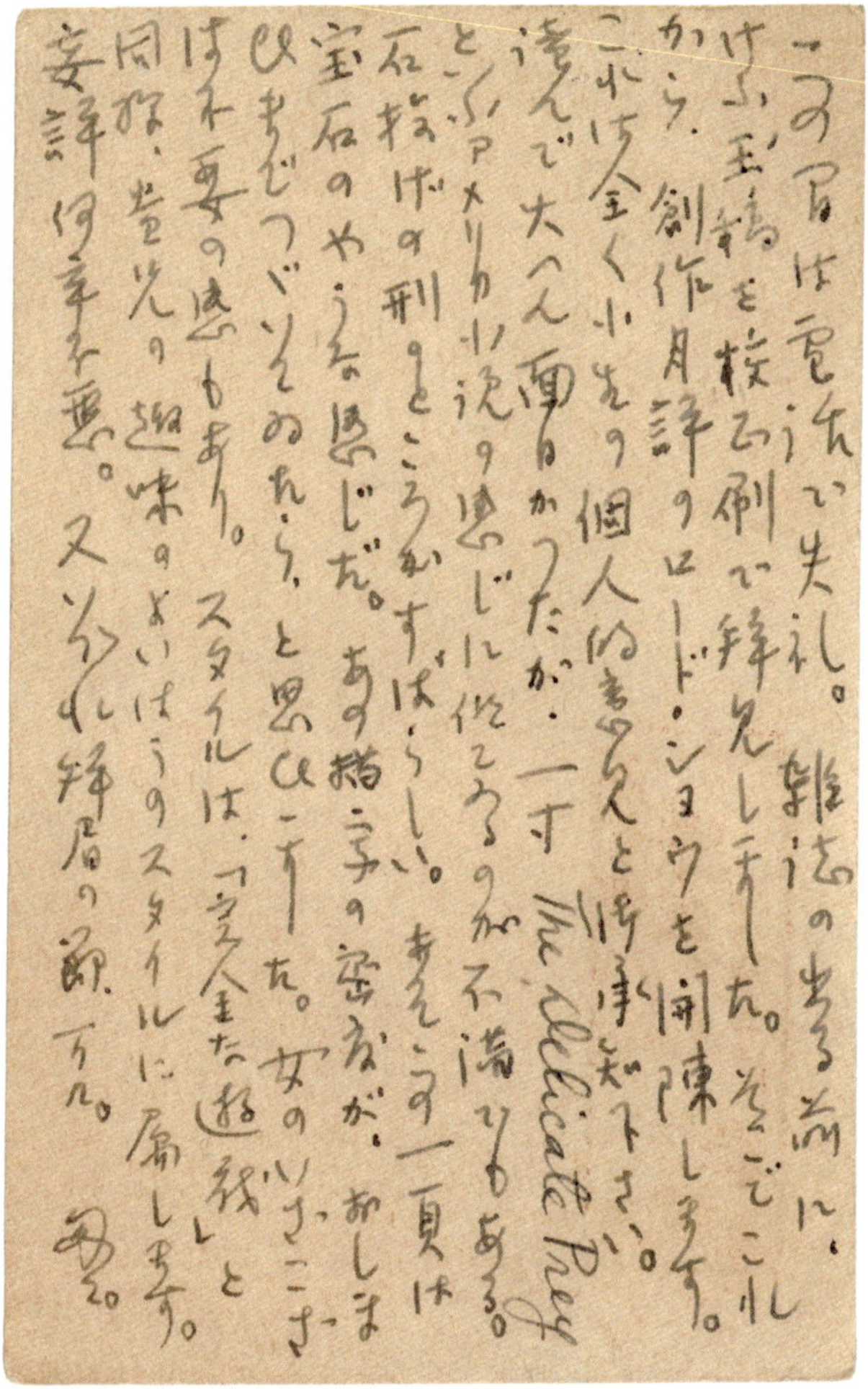
この間は電話で失礼。雑誌の出る前に、けふ玉稿を校正刷で拝見しました。そこでこれから、創作月評のロード・ショウを開陳します。これは全く小生の個人的意見と御承知下さい。読んで大へん面白かったが、一寸The Delicate Preyというアメリカ小説の感じに似てゐるのが不満でもある。石投げの刑のところがすばらしい。あそこの一頁は宝石のやうな感じだ。あの描写の密度がおしまひまでつゞいてゐたら、と思ひました。女のいざこざは不要の感もあり。スタイルは「完全な遊戯」と同様、貴兄の趣味のよいはうのスタイルに属します。妄評何卒不悪。又いづれ拝眉の節、万々。匆々。

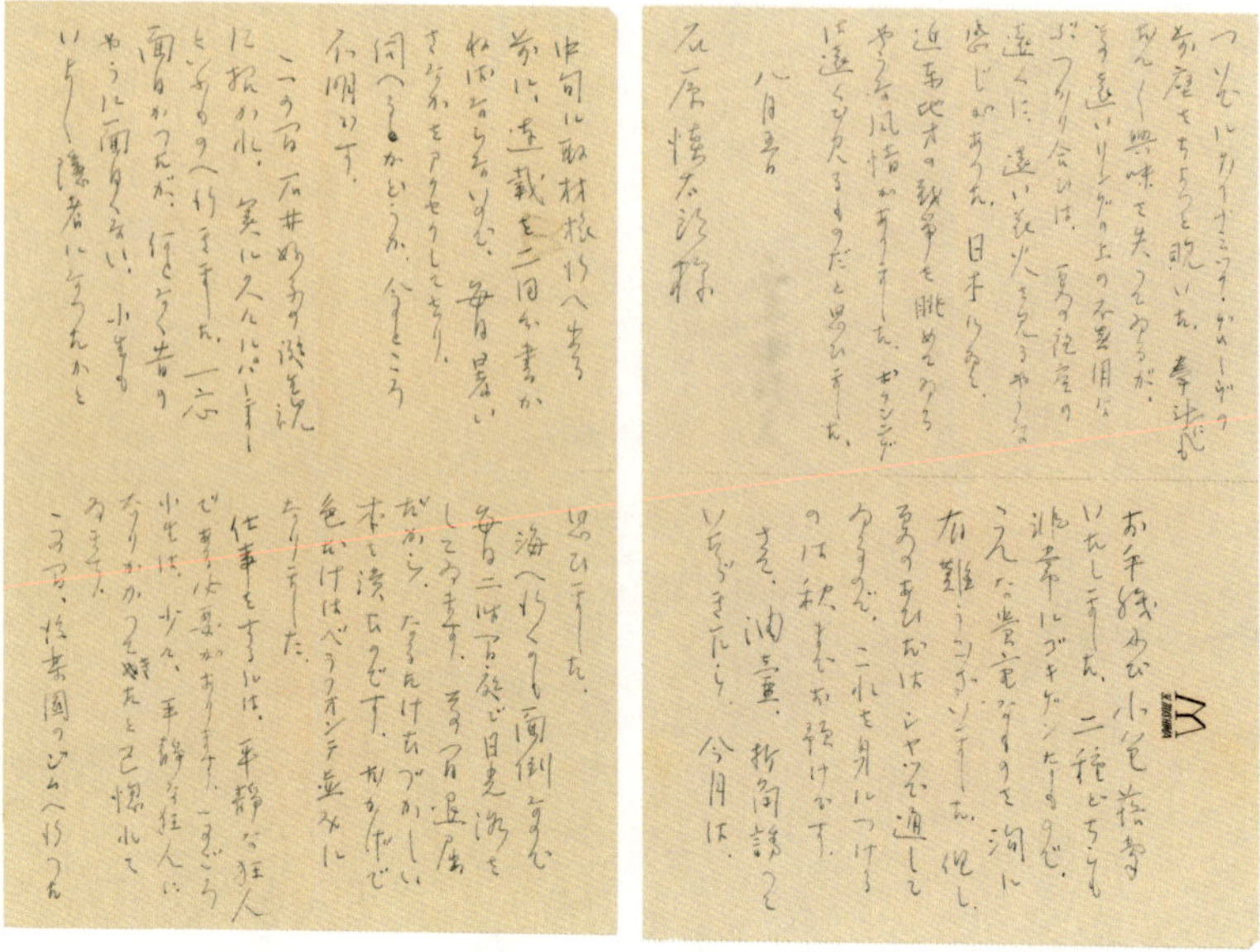

お手紙及び小包落掌いたしました。二種どちらも非常にゴキゲンなもので、こんな貴重なものを洵に有難うございました。但し夏のあひだはシャツで通してゐますので、これを身につけるのは秋までお預けです。

さて、油壷、折角誘っていただき乍ら、今月は、中旬に取材旅行へ出る前に、連載を二回分書かねばならないので、毎日暑いさなかをアクセクしてをり、伺へるかどうか、今のところ不明です。

この間石井好子の誕生祝に招かれ、実に久々にパーティーといふものへ行きました。一応面白かったが、何となく昔のやうに面白くない。小生もいよ／＼隠者になったかと思ひました。

海へ行くのも面倒なので毎日二時間庭で日光浴をしてゐます。その間は退屈だから、なるたけむづかしい本を読むのです。おかげで色だけはベラフオンテ並みになりました。

仕事をするには、平静な狂人である必要があります。このごろ小生は、少々、平静な狂人になりかかってきたと己惚れてゐます。

この間は、後楽園のジムへ行ったついでにダイナミックグルーヴの前座をちょっと覗いた。拳斗にもだん／＼興味を失ってゐるが、その遠いリングの上の不器用なぶつかり合ひは、夏の夜空の遠くに、遠い花火を見るやうな感じがあった。日本にゐて、近東地方の戦争を眺めてゐるやうな風情がありました。ボクシングは遠くで見るものだと思ひました。

八月五日　　三島由紀夫

石原慎太郎様

S35・8・5

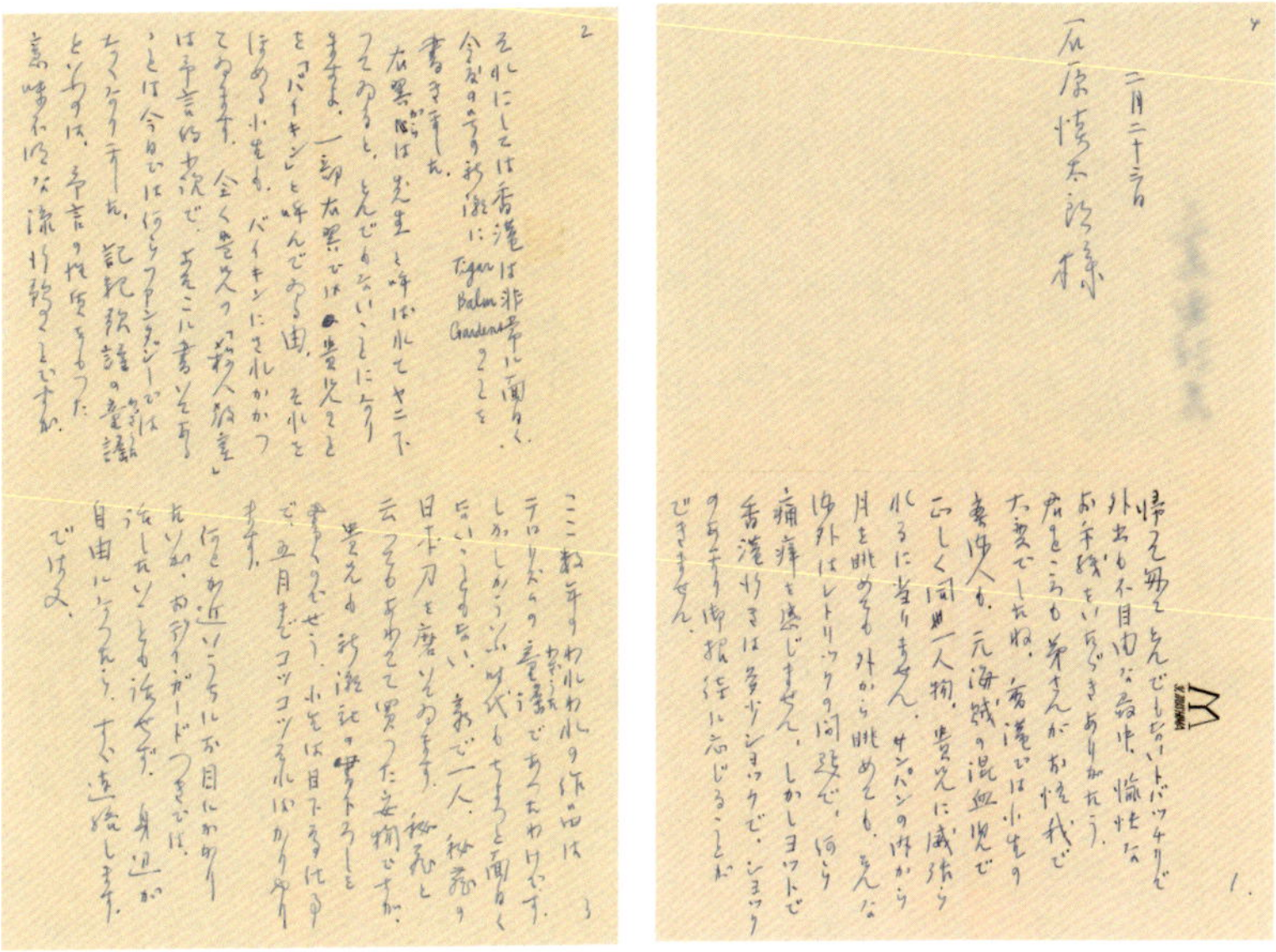

帰って匆々とんでもないトバッチリで外出も不自由な最中、愉快なお手紙をいたゞきありがたう。君のところも弟さんがお怪我で大変でしたね。香港では小生の案内人も。元海賊の混血児で正しく同一人物。貴兄に威張られるに当たりません。サンパンの内から月を眺めても外から眺めても、そんな内外はレトリックの問題で、何ら痛痒を感じません。しかしヨットで香港行きは多少ショックで、ショックのあまり御招待に応じることができません。それにしては香港は非常に面白く、今度の号の新潮に〇〇のことを書きました。

右翼からは先生と呼ばれてヤニ下ってゐると、とんでもないことになりますよ。一部右翼では、貴兄のことを「バイキン」と呼んでゐる由。それをほめる小生も、バイキンにされかかってゐます。全く貴兄の「殺人教室」は予言的小説で、あそこに書いてあることは今日では何らファンタジーではなくなりました。記紀歌謡の童謡といふのは、予言の性質をもった意味不明な流行歌のことですが、ここ数年のわれわれの作品はテロリズムの童謡であったわけです。しかしかういふ時代もちょっと面白くないこともない。家で一人、秘蔵の日本刀を磨いてゐます。秘蔵と云ってもあわてて買った安物ですが、貴兄も新潮社の書き下ろしを書くのでせう。小生は目下多仕事で、五月までコツコツそればかりやります。

何とか近いうちにお目にかかりたいが、ボディガードつきでは、話したいことも話せず、身辺が自由になったら、すぐ連絡します。　では又。

二月二十三日　三島由紀夫

石原慎太郎様

S36・2・23

1

前略
御作「星と舵」甚だたのしく読了いたしました。実に爽快な作品であります。小生如き老人もかういふ御作なら、たのしんでついて行けます。
文学として最も大切なことは、作者が本心から何かが好きといふことと思ひます。「利休好み」の好みが僕へられる所以です。この作品で何よりうれしかつたのは、何より何よりわかることは、貴兄が「ヨットが好き」といふことであります。それだけで十分であり、あとは枝葉末節でありませう。
自然風の措感も洒落れたものですが、

2

それはところどころの海の詩情にもつとも惹かれました。「カタリナ島」「岬」「天測法」「ドックで」「トランサム」「貿易風」「機帆」などの章が小生の大好きな章です。それに反して右翼ストア派の小生としては、青年たちのいい気な猥談は不愉快です。「完全な遊戯」の不良たちの会話には或る別的效果と凄味がありましたが、それとは別です。

海がめで、船が女で、女上乗物の女と来ると、女の三重責めですが、この本では久子の出し方が拙いので、そんなに気にはなりません。末尾の伏線もうまいと思ひます。（但し、はじめのはうの伏線は最低

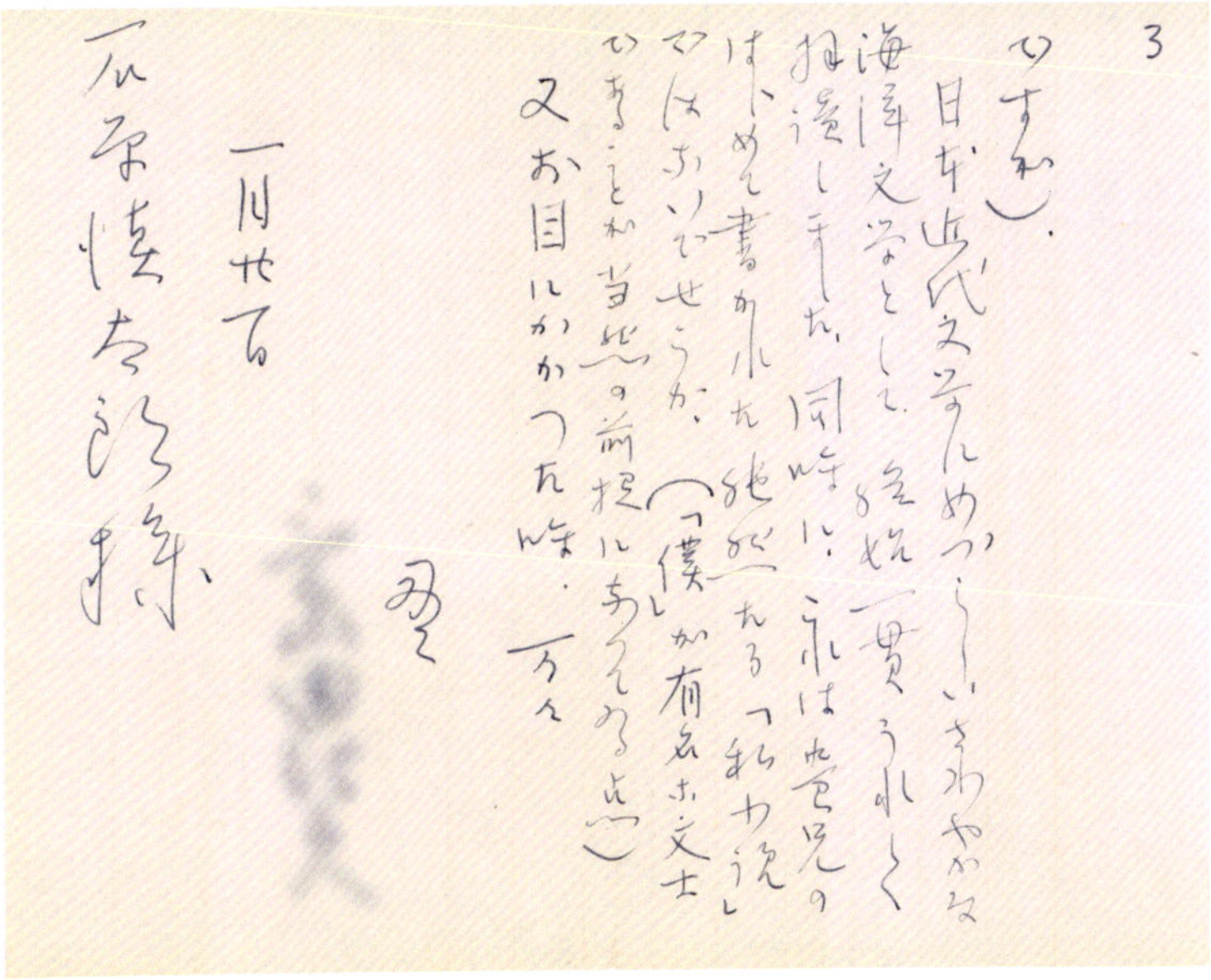
3
りません).
日本近代文学にめづらしいさわやかな
海洋文学として、終始一貫うれしく
拝読しました。同時に、これは貴兄の
はじめて書かれた純然たる「私小説」
ではないでせうか。(「僕」が有名な文士
であることが当然の前提になつてゐる点)
又お目にかかつた時、万々
一月廿一日　三島
石原慎太郎様

前略

御作「星と舵」甚だたのしく読了いたしました。実に爽快な作品であります。小生如き老人も、かういふ御作なら、たのしんでついて行けます。

文学として第一に大切なことは、作者が本心から何かが好きといふことと思ひます。「利休好み」の好みが傳へられる所以です。この作品で何よりたしかであり、何よりはっきりわかることは貴兄が「ヨット が好き」といふことであります。それだけで十分であり、あとは枝葉末節でありませう。

白鯨風の構成も洒落たものですが、小生はところ〴〵の海の詩情にもつとも搏たれました。「カタリナ島」「岬」「天測法」「ドックで」「トランサム」「貿易風雲」「袋帆」などの章が小生の大好きな章です。それに反して右翼ストア派の先生としては、青年たちのいい気な猥談は不愉快です。「完全な遊戯」の不良たちの会話には或る劇的効果と凄味がありましたが、それとは別です。

海が女で、船が女で、その上本物の女と来ると、女の三重責めですが、この小説では、久子の出し方が巧いので、そんなに気になりません。末尾の手紙もうまいと思ひます。(但し、はじめのはうの男の手紙は最低ですが)

日本近代文学にめづらしいさわやかな海洋文学として、終始一貫うれしく拝讀しました。同時に、これは貴兄のはじめて書かれた純然たる「私小説」ではないでせうか。(「僕」が有名な文士であることが当然の前提になつてゐる点)

又お目にかかった時、万々

匆々

一月二十一日　三島由紀夫

石原慎太郎様

S40・1・21

前略
病気の由、東京に御入院なら、せひ御見舞にと思ひましたが、御自宅で御静養の由、イヤガラセの御見舞も叶はず、残念に存じてをります。肝炎と伺った時すぐ、「ヴィエトナムだな」と思ひましたが、あのヴィールスは全く怖い。それに予後をよほど気をつけられぬといけません。愚弟などは、五、六年前肝炎で入院。まだ酒には気をつけてゐます。小生もヴィールス性肝炎の経験がありますが、無気力になるので困りました。
何を言ってもお為ごかしみ

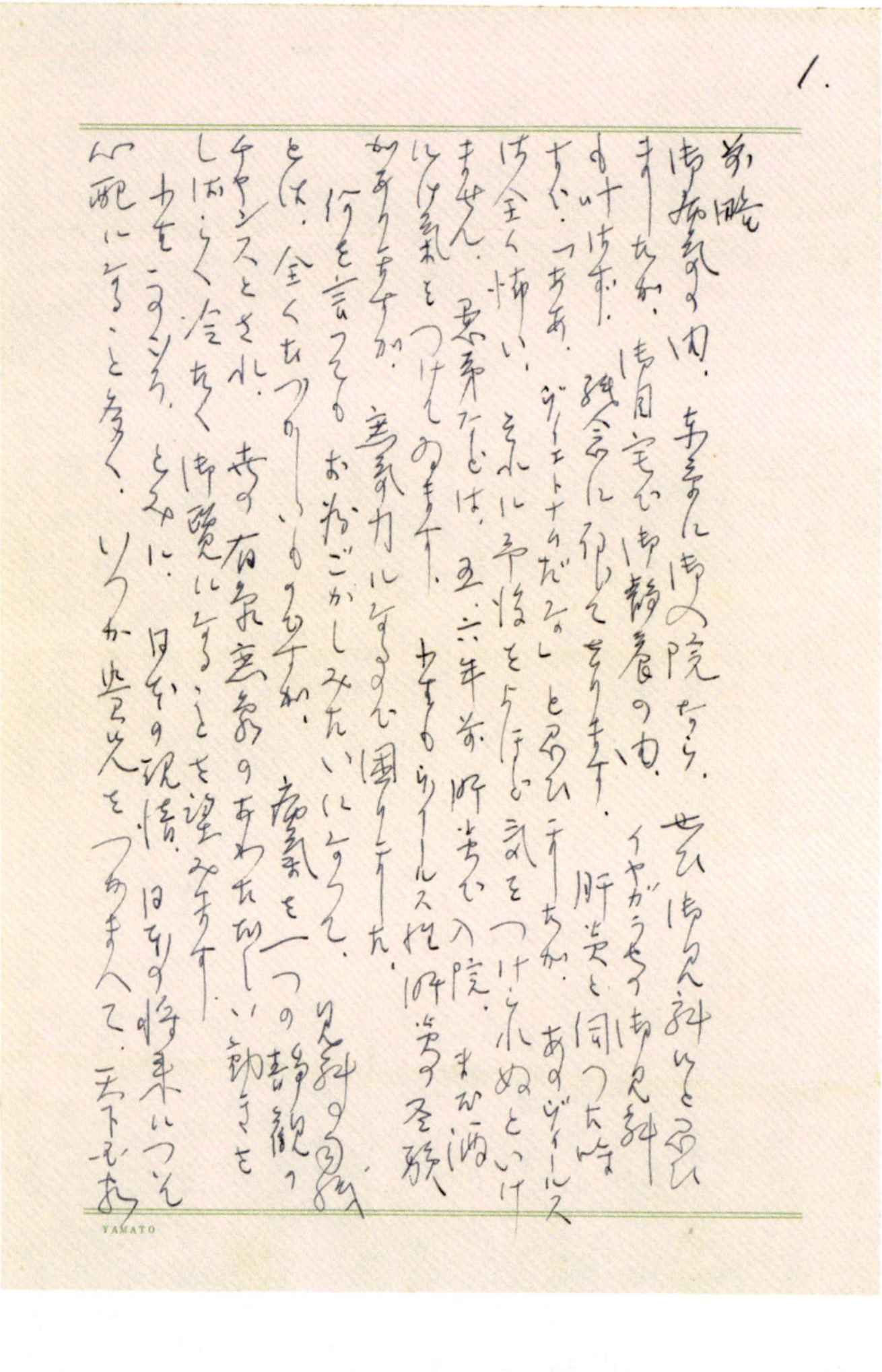
1.
前略
御病気の由、東京に御入院なら、せひ御見舞にと思ひ
ましたが、御自宅で御静養の由、イヤガラセの御見舞
も叶はず、残念に存じてをります。肝炎と伺つた時
すぐ、つまり「ヴィエトナムだな」と思ひましたが、あのヴィールス
は全く怖い。それに予後をよほど気をつけられぬといけ
ません。愚弟なども、五、六年前肝炎で入院。まだ酒
には気をつけてゐます。小生もヴィールス性肝炎の経験
がありますが、無気力になるので困りました。
何を言つてもお為ごかしみたいになつて、[illegible]
とは、全くなつかしいものですが、病気を一つの静観の
チャンスとされ、世の有名無名のあわただしい動きを
しばらく全くなく御覧になることを望みます。
力をつけられ、とくに日本の現状、日本の将来について
心配になること多く、いつか必ず光をつかまへて、天下をも
YAMATO

たいになって、見舞の手紙とは全くむづかしいものですが、病気を一つの静観のチャンスとされ、世の有象無象のあわただしい動きをしばらく冷たく御覧になることを望みます。小生このごろ、とみに、日本の現情、日本の将来について心配になること多く、いつか貴兄をつかまへて、天下国家を論じたいと思うてゐた矢先の御発病で残念でした。せめて「論争ジャーナル」の若い連中を相手に、気焔を上げたりしてゐます。

卑怯者ばかりの文壇で、貴兄にだけは望みをかけてゐるのですから、どうか大切になさって、十分の御静養を望みます。これは決して皮肉ではありません。

では又。

三月二十一日　三島由紀夫

石原慎太郎様

S42・3・21

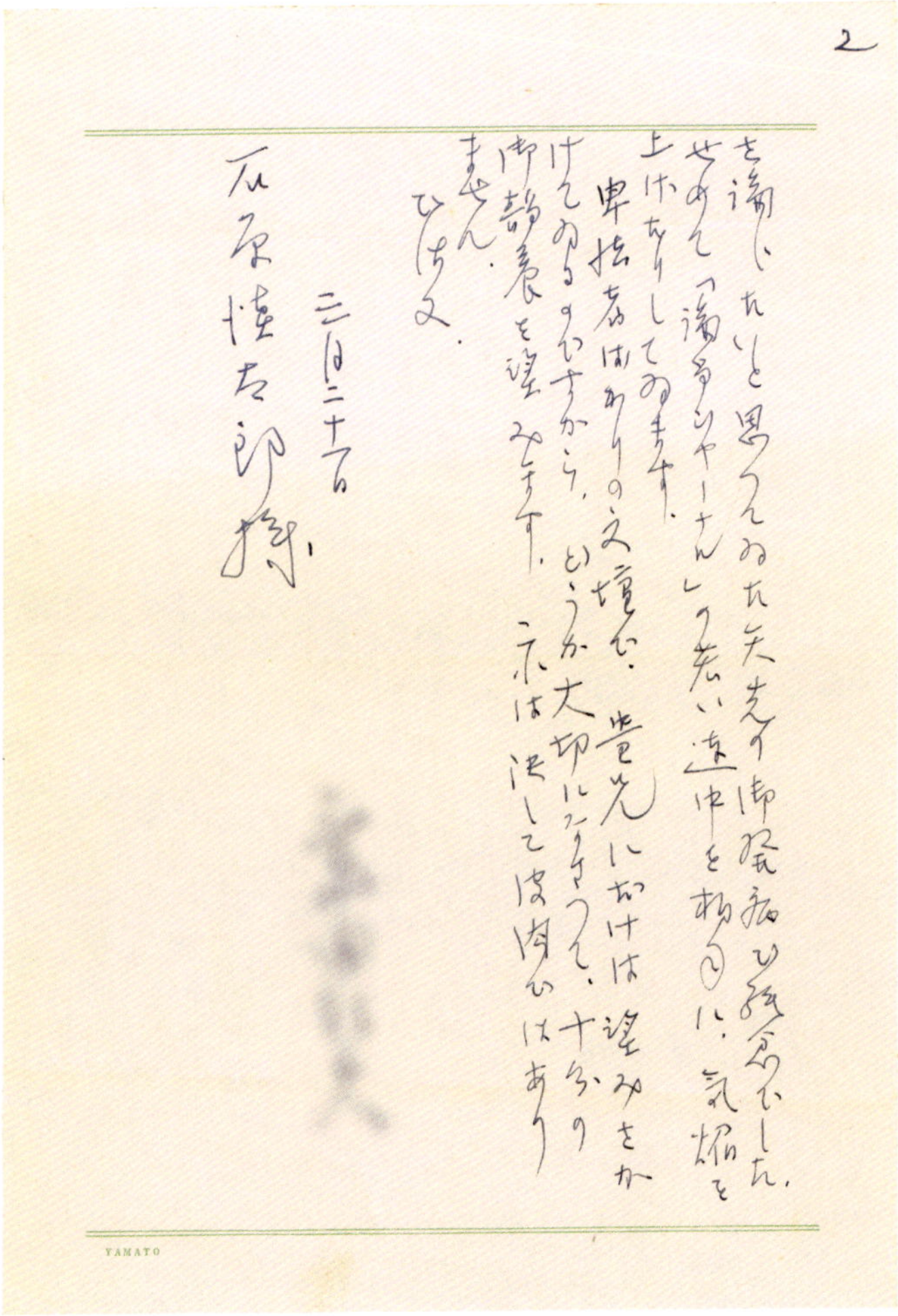
2

を論じたいと思つてゐた矢先の御発病で残念でした。せめて「論争ジャーナル」の若い連中を相手に、気焔を上げたりしてゐます。

卑怯者ばかりの文壇で、貴兄にだけは望みをかけてゐるのですから、どうか大切になさつて、十分の御静養を望みます。これは決して皮肉ではありません。

では又。

三月二十一日

石原慎太郎様
YAMATO

前略

大小木刀頂戴。あまりの見事さに、打振ることも忘れ、ただ嘆賞してをります。厚く御礼申上げます。

「待伏せ」の件、ボーナス氏とペンギン叢書のJapan's Writing Todayを編纂中で、ぜひそれに入れたいと思ってをりますので、早速御送りいただきありがとうございました。ボーナス氏に早速読んでもらひ、いいはうの訳をとり、もし両方とも、ボーナス氏が気に入らなければ、訳し直してもらはうと思ひます。

右御礼旁々　御報告迄。　匆々。

七月十一日　三島由紀夫

石原慎太郎様

S?・7・11

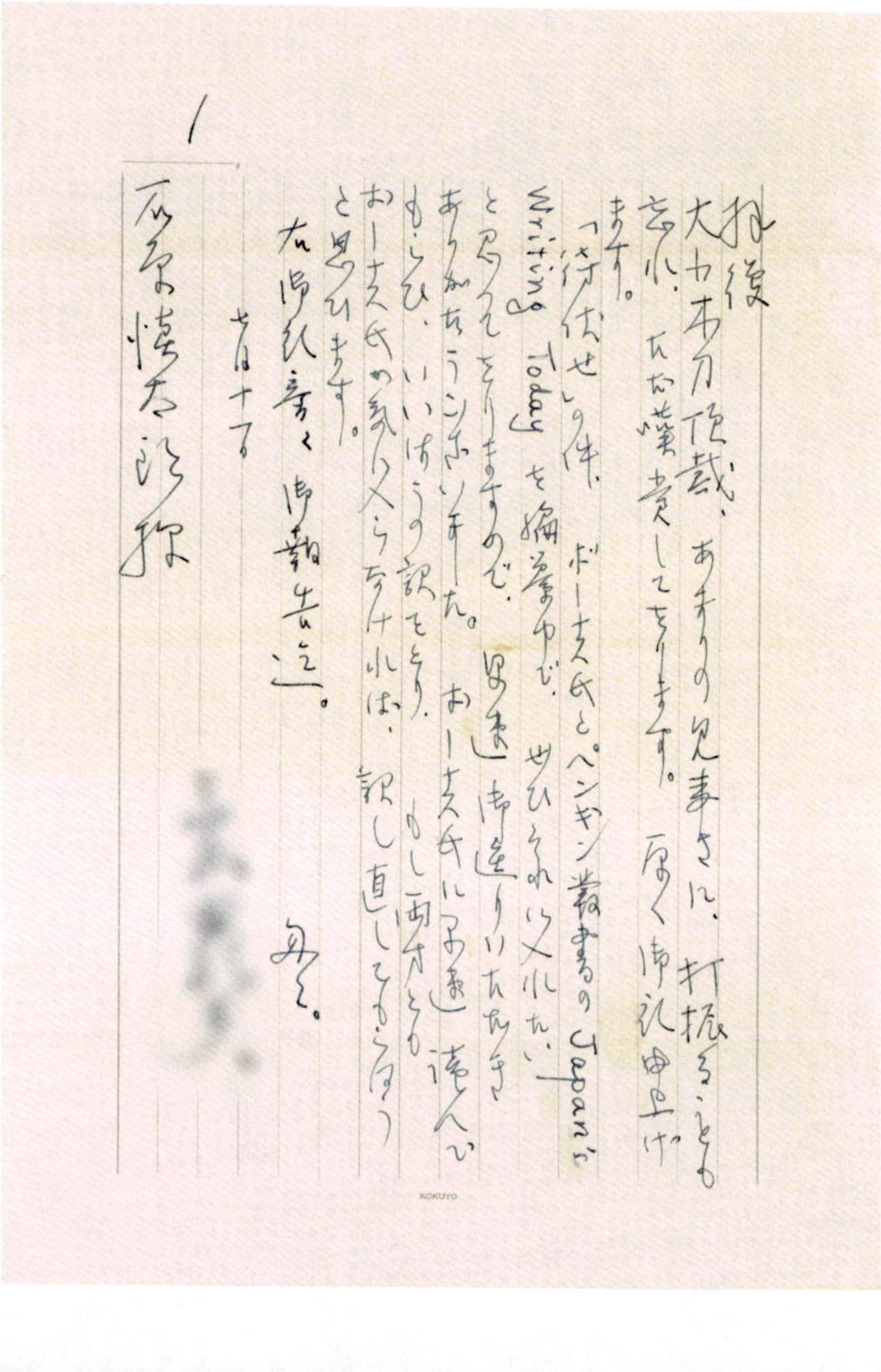

三島由紀夫の日蝕

完全版

目次

三島由紀夫の日蝕

三島文学の現時点における幸運は、いやそれはただ時間の経過によってもたらされたものだから運などというよりむしろ当然の帰結というべきかもしれぬが、氏の死後ようやく二十年という時間が経過した結果、三島氏という現実の存在に左右されることなく、つまり作品がただ作品として読まれ得る、文学作品にとっては当たり前の、しかし三島氏の作品たちにとっては幸せともいえる状況がようやく到来したということに違いない。つまり作品たちはやっと作者の手、というより作者の煩わしい影から解放されたともいえる。また時間はそれに関わりない新しい読者をようやく氏の文学のためにもたらしたようだ。

三島氏の死はあきらかにこの日本の社会に退屈をもたらした。しかしそれが文壇という限られた世界だけではなくむしろ社会一般についていえるということが、三島文学にとっては厄介で煩わしいといえる筈である。

芸術作品にとって作家の肉体的存在はそのプレゼンスが強ければ強いほど余計な誤解を招きやすいし、作品にとっても読者にとっても迷惑なものでしかない。

政治家とかスポーツの選手、芸能人という手合いの肉体的プレゼンスはそれそのものがいろいろな意味合いを持ち、当人の仕事にある決定的な条件ともなり得るが、作家の作品の意味や価値が作家の肉体的プレゼンスによって左右されることは本質的にあり得まいし、またあるべきでもないに違いない。

しかしまた作家自身にとっては、はたの目がなんであろうと自らの手になる作品にとって、その肉体的条件あるいはそれが反映してもたらされる社会的条件もある種の必要条件となり得る。

つまり芸術家とはいえ社会の人間の一人であることは免れ得ないのだから、それ故に、彼がいかに高踏的な存在たらんとしても世俗は容赦なくからみついてくるので、多くの芸術家はそれを作品の中でいかに断って見せるかということに腐心するのが常といえる。つまり作品以外のものを作品の中では感じさせまいと努力をするのがまとものはずである。

日本の自然主義文学が描かれたものと作者のオーバーラップを安易に想起させるようになって以来、大衆はえてして作品と作者の生活、主人公の生きざまと作者の生活ぶりを重ねて考えがちだが、私などもそれで大層迷惑したものだが、三島氏の場合それを意識して逆手にとり自分の作品を粉飾しつづけていた。

三島文学にとってもその読者にとっても、作者である三島氏の厄介さは、氏自身が世俗の内での自分を意図してある場合には作品がらみのプレゼンスをしたことで、ある時間帯を氏と同時に生きてきた私のような者には、たとえば、氏自身は馬鹿笑いといっていたあの哄笑がいまだに耳についている。

物を書いて生活する作家という手合いはなまなかな存在ではなく、自分を表現するとは揚言していても実は自分を隠蔽するために物を書いている場合も十分ある。

それこそが作家の作家たる所以だろうが、それにしても三島氏の場合はその文学が一見明晰そのもののようでいながら、よく眺めれば、ということは、たまたま一緒に生きていた間の氏のプレゼンスを間近で眺めていると、一筋縄ではいかぬ擬態のようなものがあちこちにあって、いうこととやることをそのまま本気にとれぬ節が多々あった。

三島氏が亡くなってからしばらくして、氏によって認められ世に出たともいえる深沢七郎氏と久し振りに対談したことがあるが、その時あの世俗に徹して生きたともいえる深沢氏が三島氏のことを、ほとんどにべもなく、

「いくら頭が良くても、あんなに無理して生きていればそりゃあ若死にしますよね」

といったのが印象的だった。

世俗に徹した大通人の深沢氏から見れば、三島氏が意図して行っていたすべての社会的

プレゼンスはただの無理にしか見えなかったのだろう。

その時になって思い出したものだが、私と深沢氏が僅かの間をおき続いて世に出た後、その頃いた逗子の家に突然前触れもなく深沢氏が訪ねてきたことがある。その時の氏の土産がピースを一ダース並べた箱詰めだったのがはなはだ印象的だったが、後にそれを聞いたある人が、「それはいかにも深沢さんらしい、つまりあの人は全く文壇に関わりない、関わろうという意識も全くない人なんですよ」、といったが、同感だった。

それにしても、来訪の意図を質した私に、

「いえ、こうやって二人して世の中でいじめられているのだから、私たちだけは仲良くしておいた方がお互いに得じゃないですか」

真顔でいったものだった。

その後ある席で三島氏にその話をしたら、氏が腹を抱えて笑い、

「そうなんだ、あの人はそういう人なんだ。まったく隅には置けない奴だ。彼もあんたと同じ文壇の稀人《まれびと》なんだよ」

といっていた。

実はあの時深沢氏といろいろよもやま話をしたついでに文壇の噂もして、その頃はしきりに私たちの肩をもっていてくれた三島氏に話が及ぶと、

「でもあの人も当てにはなりませんよ、やっぱり他人を当てにしちゃいけません。第一、

あの人はお坊ちゃんですからねえ。やっぱり、私たち苦労している人間同志にしかわからないことがありますからね」

いったものだった。その件りについては三島氏には話さずにおいたが。

いずれにせよ深沢氏の目から見れば、三島氏のいかにも手のこんだ自殺もただ気の毒な若死にということになるのはよくわかる。深沢氏のような読者なら、三島氏自身がほどこした粉飾にまぎらわされずに作品の吟味賞味も出来ようが他の並の読者にはそうもいかぬだろう。

私にしても三島氏の最初の印象からしてが予想外というか、奇異ともいえるものだった。氏から相手として望まれ別冊文春のグラビア撮影のために出かけていき、当時まだ新橋の電通通りにあった文芸春秋社の屋上のテラスで写真をとったのだが、名乗り合った後三島氏が手摺から大きく身を乗り出して辺りを眺め廻すのにつられて私も手摺に手をかけたら、煤煙でひどく汚れている。私は手をはたいてすさったが、三島氏はあいかわらず同じ姿勢でいるので、

「三島さん、手摺は埃で汚れていますよ」

いったが、

「あ、そうかい」

いっただけで一向に気にする様子もなく、手袋をした手でわざわざ手摺の汚れを拭き取

るようにしながらますます身を乗り出している。その時三島氏はトレンチコートとその下に着た背広の色に合わせた鶯色のキッドの手袋をしていたが、身を乗り出したせいで背広も手袋もひどく汚れてしまった。

写真の後、

「汚れたでしょう」

私がいうと、

「ああ、いや、たいしたことはない。それより君この写真のタイトルをなんとつける。僕は考えてきたんだ。新旧横紙破り、どうだい」

いうと突然呵々大笑しながら無残に汚れた手袋をばたばた叩いてみせた。

眺めていて、なんという人なのかなと思ったが、それにしてもこの人はなんだか、何に向かってか無理しているなあという気がしてならなかった。

三島氏は当然気がつかなかったろうが、私はその時まだ世に出る前の弟を連れていた。弟は後ろに控えていただけだが、その後テラスでの様子を話すと、

「なんだか知らないが、彼の着ていたコートも背広も特別誂えだろうが、ありゃあ高いぜ。でも手袋まで同じ色とはあんまりいかさねえな。第一あんな色は日本人の背丈には合わないよ」

いったのをなぜかよく覚えている。

そのすぐ後二人で「文学界」のために「新人の季節」という題の対談をしたが、今読み返してみると私の方はまだまだぽっと出の若造で、それだけに、三島氏は出来の悪い学生に精一杯つきあって合格点を出してやろうという教授のような苦労をいろいろしてくれていた。

しかし私の方は三島氏が私の舌たらずの言葉を補うべくトーマス・マンだのフロベールだの、果ては映画の中のジョン・ウエインまで引いてバックアップしてくれるのだが、それにかまわずの一人よがり、というより所詮舌たらずで、ただジャン・コクトォの「山師トオマ」の文体がいかにもタックキックがよく強靱な脚力を持つフィールド種目の名選手のようだということで二人一致したのだけを覚えている。

今読み直してみると、まったくの非文学青年の私に、君はあいつらとは違う、といってくれながら三島氏はすでにやはり文壇の言葉でしか話しておらず、それがいっこうに通じない私が、今から眺めるといささか汗顔だが好き勝手な片言で話していて、それにつき合わざるを得ない三島氏がひどく我慢がいい、というかともかく懸命につき合ってくれているのが有り難いような痛ましいような気がする。

作家も、数限りなくする対談の中でうっかり何をいったかまでを言質にとられたらかなわないだろうが、相手があの三島氏だから許してもらうが、その対談の中で三島氏は今になれば、ああやっぱりとはやしたくなるようなことをいっている。例えば、トーマス・マンの影響から『（前略）トーマス・マンから来て、僕の意識のなかにはいっているわけだ。そういうことで芸術家というものを隠すというようないきかたになった。いかに隠すかということが、僕の文学だとおもうようになった』、とか、『つまり先輩ぶって苦言を呈すると、スポーツをあなたがほんとうに重んずるなら、ほんとうに立派な芸術家でなければ意味ないね。あなたがスポーツマンであって、くだらない小説を書いたとしたら、スポーツを冒瀆するし、あなたの自己冒瀆になっちゃうだろう』、などなど。

こうした言葉が本気で三島氏の中に生き続けていたとしたなら、晩年彼が手にした剣などというものは、結果として逆に彼を切り刻むということにもなりかねまい。また、結果としてそうなってしまった。

対談の中で記者にそそのかされて二人は、文壇において文学作品とのフィジカルな関係について考える初めての作家として何やら話しているが、私が徹夜するとろくなものが書けないから午前四時になると怖くなって寝てしまうといったら、『僕は非常にそれは最近、大事だということがわかった。年のせいかしら』などともいっている。

多分三島氏は精神なり情念、あるいは感覚と肉体の相関について本気で考え、それについて自分なりの方法論を構え実践した日本では最初の作家だったと思うが、それが彼のために良かったのか仇となったかはわからない。

あの対談で私がなによりも覚えているのは氏がフロベールを引いて、彼が自分にとっての一番の光栄は道徳を紊乱する者だといわれることだといったが君もいささかその光栄に浴しているじゃないか、といってくれたことだった。それは毀誉褒貶の中にあった私にとって実に直截な啓示だったと思う。

だから私はそのことをよく覚えていて、まだ作家の社会論文の珍しかった当時初めて書いた論文に「価値紊乱者の光栄」というきざな題をつけたものだった。私の専門だった社会心理学の手法をつかってのなかなかいい論文だったと思ったが、すかさず三島氏から電話があって、「君の論文は文士の書くものにしては、論理的すぎて艶がない」、という御託宣だった。

あの時の対談を今読み直してみると、氏は私のことを文壇にやってきた稀人だといってくれながら、しきりに私に作家としての最低限の心得のようなものを説こうとしている。つまり物を書く人間ならそれなりにいろいろ許容の限界があるということで、それは決してしきたりとかモラルなどについてではないが、ならばその後三島氏が人気作家として行った社会的なパアフォーマンスの類いはそれに抵触するのかしないのか、一度あの対談を持ち出して念を押しておけばよかったような気もする。

断っておくがこれは私自身の三島氏に関する一種の覚え書きであって、或いは完全な評論にはならないかも知れない。私自身は三島文学の気ままな読者であって作品の中には好きも嫌いもあるが、三島由紀夫といういかにも興味深い、強くも弱くもあり、矛盾だらけの、それ故に魅力に溢れた存在が同時にあれら作品の作者でもあることで、私は私なりに、表現であるとか感性とか、精神または肉体と人間の関わりについて得難い標本を身近に眺める至福な機会を得ることが出来た。それが好ましい標本か実は極めていびつなものかは見る人によって違おうが、いずれにせよ大層興味深いものであったことは間違いない。

そしてそのメカニズムを私なりに解析してみることは、私が敬愛した作家、というより「三島由紀夫」という人間像とそれがもたらした作品たちのために、余計な粉飾を払拭してあれらの作品を安んぜしめることになるに違いないと思う。

作家にせよ評論家にせよ所詮一筋縄でいく類いではあるまいから、それぞれの連中が三島氏の生前すでに氏についてさまざまな視線で臨んでいた。しかしつき合いが重なれば重なるほど三島氏からの幻惑は強くなり、それに押し切られたり、あきらめたり、あるいは慣れて楽しむようになったりしたものだが、氏との触れ合いの少なかった人々の中に案外氏の本質の、全てとはいわぬが極めて大切な、本質的部分について適確に予感したり言い当てたりしている人が多い。

例えば三島氏の没後十五年に文芸春秋誌が行った氏への想起の文集の中に比較文学者小堀桂一郎氏の一文があるが、氏が後にも先にもたった一度だけ会って話した三島氏の印象を比較文学者らしい、他の普通の人間たちとの相対的な印象の比較から実に怜悧適確に描き出している。

同人誌「批評」の懇親会に呼ばれた小堀氏が初めて目にした三島氏はいかにも絢爛とした存在で、氏が遅れて入ってくるとまるで魔法の網がかぶせられたように一座の様子がにわかに華やかに活気づいた。三島氏は初対面の小堀氏にまで愛想よく声をかけてき恐縮させられたという。

しかしその内ふと、『自分が三島氏の愛想のよいもてなしに或る種の息苦しさを感じてゐるといふことに気づいた。さういへば私に対してのみならず三島氏は一座のだれに対してもそんな風だつた。（中略）接待役の責任感といふどころではない、氏は、何人といへども自分から退屈・倦怠の印象を抱いて離れていくことだけは我慢ができないのだ、とでもいふ意識に取憑かれてゐるのではないかとさへ思へた。だから私の感じた恐縮と或る種の息苦しさの中には、むしろ氏の気負ひに対して覚える痛ましさとでもいふべき感じが混じつてゐたのだらうと思ふ。

気の毒に、あれでは身体が持たないんではないか――と、その会合の帰り途に私の胸にふと老婆じみた感想が浮んだ』

そして小堀氏はふと三島氏の案外の短命をも予感したという。見ることの出来る人は見ているという感じがする。

要するに、接待役の責任感を通り越した三島氏のオブセッションは、結局他の誰のためでもない自分自身に対してのものだったに違いない。

そしてちなみに小堀氏は、三島氏の、『愚行といふより以上の評価を下すことのできない』死の後、人からいわれて「文化防衛論」を買って読み、その文体の荒廃に驚かされたという。

初対面の小堀氏までが感じとった三島氏の気負い、無理、オブセッションとは一体三島氏の内なる何のためのものだったのだろうか。

おおざっぱにいえば、それは氏が自分こそいかなる他人より秀でていると感じ、自覚し、そう信じ切るようになっての故に違いない。ならば氏はいつの頃から自分こそ決定的に選ばれた者と感じ出し、さらにその意識を抱くようになったのだろうか。その詮索には興味が抱かれる。

しかしそれを疑う人間がいないということ、三島氏が真に選ばれた人間ということではなく彼がそう信じていたということを誰も疑わぬということだが、他の人間の場合にはそれはいささか滑稽で危ういことにも思えるが、三島氏の場合には他人がそう感じることを許さぬところがあったし、中には辟易している人がいてもなお、おおかたはそれに敢えての異議を唱えもしなかった。

もっとも考えてみれば、実はそれは当人以外にとってそう大したことでありはしない。俺は天才、俺は絶対だと自らいう相手に、いやあなたはそうではないというのは詮ないことでしかない。三島氏があああいう死に方をする少し前、どこかのゴルフコースで一緒に回りながら同じ「鉢の木会」のメンバーだった大岡昇平氏に、「この頃の三島さんはいったいどういうことですか」と尋ねたら、立ち止まった大岡氏がふとどこか遠くを見つめるような目指《まなざ》しで、

「あの人は日ごとに喜劇的になっていくなあ」

慨嘆したのを強い印象で覚えている。

「鉢の木会」という恵まれた仲間の集いの中でもなお三島氏が何故に段々孤立していったかは他人の集まりのことだから詳しくうかがい知れぬが、三島氏は孤立というよりも自ら離れていかざるを得なかったのではなかったろうか。

自己の絶対化を他人に要求する資格は僭王にしかなく、芸術家がそれを求めるとするなら孤立の内にしかありはしまい。それを普遍化しようとして国家とか文化を持ち出されれば、他人は、とくに芸術仲間は、約束が違うじゃないかというよりないだろう。

三島氏は今までいた世界で容れられずに結局、無垢といえば無垢、他愛ないといえば他

愛ない、小綺麗なおしきせの理念と制服に感動するたぐいの取り巻きを自分で集める以外になかったのだろう。

三島氏の才気を才気として否定する者はいまいが、それを天才とか絶対なるものと位置づけるのはそれぞれの自由で、三島氏のかってした予見の多くが本質的には今の世の中で現実のものとなりつつあっても、それがそのまま彼の絶対化に繋がるものでもない。

妙な言い方だが、最近新潮社からもらった三島氏の写真集を眺めると、本来天才なるものは氏の写真のように、いかにも天才天才した顔はしていなかったのではないかと思われる。ランボオにしても、ラディゲにしても、ガロアや旧くはモーツァルトにしても、その肖像や写真の表情はもっとさり気ないもので眺めていてくたびれない。

他の作家なり誰ぞの写真集と違って、三島氏のそれは眺め終わるといかにもくたびれる、というよりいささかうんざりさせられる。若い頃の写真だけは例外で自然だが、氏が世に出てその名声が確立された頃から写真には自意識がにじみだし、気負いがまざまざ露出して、それを無理と感じるか栄光の光彩ととるかは眺める者によるだろうが、私にはいかにもくたびれる見物だった。

あの写真集の中で私が一番好きだったのは、四谷見附近辺で撮ったという、まだ官吏時代の、役所の仕事と家へ帰ってからの執筆との二重生活の疲れを漂わす二十代前半の写真で、それには名声を獲得する前の、人生に対する不安を秘めながらもある一途さを感じさせる孤独な青年が写し出されている。その写真には、不確定な青春のはかなさとそれ故の美しさがある。

あの写真を眺めて三島氏自身から聞かされた当時の挿話を思いださせられた。

親孝行の氏は、自分が農林省の官吏だったという過去になぜか忸怩たる父親に強くいわれて、大蔵省に入省したそうな。その限りで父親の願いは息子に大蔵事務次官たれということだったのかもしれぬが、彼の方は並行して小説を書き出した。それが仕事の邪魔ひいては出世の邪魔になることは自明だったろう。だから大蔵省の官吏となってまで、父は息子が小説を書くことに反対したそうな。

役所でも氏が小説を書く、狭いながら文壇という違う世界ですでに嘱望されている新人ということは知れていって、彼に仕事をいいつける上司などが昼休みの寸暇をさいて原稿を推敲している氏のところにきて、「お仕事中申し訳ないがちょっとこの書類を手伝ってもらえないかね」、などと皮肉なふくみ笑いでいったりしたそうな。

そんな思い出話をする氏は、すでにその時点で獲得していた名声の故にも大層愉快そうだったが、しかしなお聞かされる方の私には、氏がある朝、役所の仕事の後家で徹夜で執筆して寝が足りず電車を待つ駅で立ちくらみして線路に落ち、電車が入ってくる寸前に駅員に救出され命拾いして、泥にまみれた衣服を取り替えるために家に帰り、迎えに出た父親の前でさすがに堪え切れずに涙を流した。それを見た父親がそれほど小説を書きたいなら命あっての物だねだから、この限りで役所を止め作家に専念してもいいと初めて許したなどという挿話は、空恐ろしくも馬鹿馬鹿しい、しかし極めて印象的なものだった。

それはそうだろう、大蔵省の事務次官なんぞ他の誰にまかせてもそこそこに事足りようが、三島由紀夫の文学は、父親が何ものかは知らぬが、その息子の三島氏の手によるほかあり得ぬものである。

私はその思い出話を聞かされた時、三島氏のために真摯に氏の父親を憎み軽蔑したものだったが。

天才といえば、私は日生劇場時代に、まだ若い頃の小沢征爾をよく知っていたが、彼にはこれこそが選ばれ祝福された本物の才能を持つ人間の魅力なのだなという、なんとも自然でかつ揺るぎない、相手を労せずして巻き込んでしまう雰囲気があった。それは今でも全く変りがない。

三島氏について思う時いつも相対的にきまって小沢のことを思い出すが、小沢にはおよそ無理というものが感じられない。日生劇場時代、我々若造を見込んでスポンサーになってくれた財界の頂上にいるうるさ方たちに金のかかる次の興行について説得しようという時、小沢自身が段々話にのめりこみ、互いの年齢差や立場を忘れてしまった仲間口調で相手に音楽の魅力について語り聞かせる内に、彼等が抵抗しようもなく小沢の話に引きこまれ次第に顔を輝かせながら共感していくのを横で眺めながら、芸術家の感性にも絶対に近い魅力というものがあるのだなと感じいったことが何度もあった。

それは今思いなおすと、座談する時の三島氏の魅力と対照的というか似て非なるものだ。三島氏は写真一つにも何か掛け替えないものを賭けているようなところがあった。

氏は頼みもせぬのに私に文壇における所作その他についていろいろ忠告してくれたものだが、その一つに雑誌のグラビア写真は必ず自分で選べというのがあった。

氏にいわせると雑誌の編集者なるものはどれも作家のなり損ないかそれ以上に劣等感を持った手合いで、まかせると必ず中で一番悪い写真をしか掲載しないということだった。氏はそれを例の哄笑とともに告げてくれたが、どうやら半ば以上本気に見えた。

あれは氏なりのナルシズムの矜持だったろうが、それにしても自分自身の一枚の写真にあれだけ熱中出来るというのは並のことではない。氏の自殺の後の葬壇に飾られてあった写真を眺めながら、私はあの写真も三島氏自身が選びぬいておいたものだったろうことを疑わなかった。つまり自身で選んだ自分の御真影ということだろう。

私とて決して写真を気にせぬ訳ではないし、他人が撮って選んだ写真が気にそまぬことは多々ある。ということで、以前ある出版社からの選集に、面倒なのでその前に出演した映画の宣伝用に撮ったブロマイドの中から、あまりブロマイドくさくなく写っている一枚を選んで渡したことがある。

本が出たか出ぬかの間合いで突然三島氏から電話がかかってきた。

「君、今度の選集の扉の写真、あれはブロマイドだろう」

「どうして」

「どうしてって、わかりますよ。驚いたね、ひどいもんだ、ああ、君にはあきれはてた。アプレゲールというのもここまで恥知らずとはねえ」

「なぜですか」

「だって君、ブロマイドでしょ、あれは」

「だってあれしかなかったんですよ、いい写真が」

「いい写真といったって、あれは君ブロマイドだぜ」

「なんだって同じですよ」

「ああ、驚いた、まったく世も末だね」

三島氏がそんなことで驚きかつ面白がり、かつまた少し羨ましがっているのがよくわかった。

私が三島氏と写真の、余人には知れぬある全き関わりについて知ったのはもっと後のことだったが、氏にとって自影というナルシズムに不可欠の小道具が最も満足すべき効用を果たしたのは、多分、篠山紀信氏による聖セバスチァンの殉教に自分をなぞらえた写真集だったろう。あれは氏がそれまで隠蔽しながら見せびらかしていたもの、あるいは見せながら隠していたものを改めてまざまざと見せびらかした、作家自身とその美意識における憧れの倒錯をそのまま絵にした写真だった。

自分の才能について自負あるものがナルシズムに陥るのは当然のことともいえる。しかし、三島氏が自らの才能を自覚したのははるかに以前のことだったろうが、自身への陶酔をあからさまにしだしたのは、自分が望ましい肉体をようやく獲得出来たと信じだしてからのことに違いない。

私はあの新潮社版の三島氏の写真集の最後に、文字通り氏の最後の最後の写真が載っていないのを氏のために残念、というより痛ましいものに思う。

何よりもそれが、撮られた氏自身がついに自らは見ることも出来なかった写真であるが故にも。

その写真はおそらく私以外、三島氏に関わりあった者の目には触れていまい。遺された夫人や家族たちも目にすることはなかったろう。

平岡という本名での三島氏は別にして、三島由紀夫と名のってからの氏の写真の中でそれは他のどれよりも氏が願っていたように美しく完璧な肖像だった。

それは市ヶ谷台に乱入し、東部方面総監を縛り上げて自衛隊にクーデタを促し、はては切腹して死ぬ寸前に、総監救出にやってくるだろう自衛隊員を防ごうと扉の内側に机や椅子をバリケイドにして積んで、いよいよ計画通り切腹すべく最後の準備を指示している孤独な指揮官三島由紀夫の何枚かのスナップである。

写真は部屋の外に忍びよった自衛隊の写真班によって、内部に進行している出来事を記録するために廊下から部屋の高い欄間越しに撮影された。写真が明かしているが、中にいて指揮する三島氏は自分がその瞬間に外から撮影されているということにまったく気づいていない。多分一生の最後にたった一度だけ、三島氏は自意識なしに自らの写真を撮られたに違いない。

それ故にその写真の中の三島氏は、他のいかなる写真にもあり得なかったことだが、すべての自分を、というよりあるがままの自分を、そして実は彼がそう在りたいと願っていたろう自分を与え写している。

写しだされた三島氏は初めて気負わず、何の無理をも感じさせず、騒がしくも見えない。そして雄々しくもあり、氏が願っていたように初めて美しくもある。

言葉には聞くが、私は本当に平明な人間の表情というものを初めて目にした思いだった。それはデスマスク寸前の、全てを忘却し放擲して本卦帰りした、最後の生の瞬間における人間の顔である。バルコニーの下に集まった自衛隊員にクーデタを焚きつけて絶叫する、あの有名なグロテスクな写真と完璧に対をなしている。

私はそれらの写真を、かつて警察の高官だったある親しい友人の家で目にすることが出来たが、その写真の顔のなんの混じり気もない静澄な美しさに心を打たれた。一人の人間のまぎれもない死というものが、こんなに呵責なく当人の虚飾をそぎ落としてしまうものかと思った。そして、三島氏自身がそれを知り得ぬということの皮肉な条理にも息をのまされる思いだった。

にもまして己に陶酔する人間が、ついに見ることの出来ぬ、最も美しい肖像の無惨な皮肉。

あるいはあの写真は三島氏のファンたちの目には晒されるべからざるものかも知れない。それらの写真は三島氏のさまざまに有名な他の写真が何でしかないかをたちまちにして明かすだろう。あるいはある者たちには、視覚の印象にとどまらず、氏の深くて複雑な虚構のすべてを晒し出してしまうかも知れない。それは所詮、写真を馬鹿にして自分のために都合よく利用した三島氏への報いといえるかも知れない。

件の写真集を見ると、今三島氏邸にはどうやら氏を主神とした神棚が祭られているようだが、その前に置かれた例の写真の代わりにあれらの写真のどれか一枚こそが飾られるべきだろうと思う。そして、その写真が置かれたならば、神棚に象徴されるいたずらな三島神話は平易に溶解していくだろう。

ならば、三島氏自身の手による粉飾をほどこした写真たちと最後の写真との間の痛ましいほどの隔差をもたらしたものは一体何だったのだろう。自分自身をあれほどまでに飾りたてたかった訳、飾らなければならなかったその訳は。

ひとことにしていえば、それは肉体の獲得への願望のせいだったに違いない。いやその願望が表象する、自分自身への憧れともいうべきか。

ならば三島氏は願いつづけた肉体を獲得出来たのか。それによって、願っていたさらなる自分を獲得出来たのか。

答えは否である。

氏がもし願っていた真の肉体を獲得することが出来ていたなら、必ず、死なずにすんだに違いない。

今読み返してみれば、氏が肉体の獲得を宣言した一種の自伝「太陽と鉄」はなんとおどろおどろしい、決定的な矛盾と嘘に満ちた長広舌だろうか。肉体に関心のない、あるいは肉体に怯えている多くの人間たちが、三島氏がボディービルという虚肉体的な、それ故に最も非肉体的なトレーニングで獲ち得た筋肉を誇示しながら唱えるレトリックに振り回され捩じ伏せられたとしても、そんなことは決して三島氏の肉体への戴冠となりはしない。

あの肉体に関するいい気なあの屁理屈が屁理屈でしかないことを端的に明かすものは、饒舌なエッセイの駄目押しのつもりでエピローグとして添えられているF104同乗の体験記である。所詮座ったまま後は他人まかせで味わうスリルが、その肉体には未曾有のG

が暴力的にのしかかってはくるだろうがそれにただ耐えるということが、肉体の存在の証明になる筈もない。それに耐えられるということはただ肉体のある資格でしかなく、体重がやや肥満型とか、血圧が良好という次元のものでしかない。

「太陽と鉄」本篇の中でも、自衛隊への体験入隊で経験したパラシュートの降下訓練の興奮に重ねて肉体の存在感をさらに語っているが、あれとて実際の降下ではなしに、ただ体にフックをかけて塔から飛び下りその失落感と開傘した時のショックを味わうだけの話で、ただ塔から飛び出す勇気さえあれば急激な落下を命懸けで計って宙空での失神をこらえながら、開傘の紐を引く必要もない、後はすべて機械まかせの一種のシミュレイションでしかない。

あんなものは生まれて初めて自転車を乗りこなした時の肉体的悦楽にも比べようもない。そして三島氏は多分自転車を乗りこなすことも出来なかったろう。

氏が肉体の極意を獲得したと信じたことは、ボディービルが真の肉体を開発すると信じると同じように他愛ない錯覚でしかない。たとえ氏がいかに天才だろうと、天才のする錯覚も同じただの錯覚でしかありはしない。

三島氏が真の肉体を渇仰したことは疑いないが、しかし真の肉体の獲得は、三島氏がある才能に関して選ばれた人間であったと同じように全く違う位相において選ばれた人間たちにしか許されはしない。それは氏がしきりにいっているトレーニングでの受苦とは殆ど関わりなく、真に選ばれた人間たちにしか天与に伝授されはしない。それは肉体に関するいささか残酷な公理でもある。

私もまたスポーツマンとして、とくにサッカーの選手として真の肉体の獲得を願いはしたが、自分が選ばれた範疇の人間ではないということを覚らされた。少なくともそういうことを自覚出来るほど、そのために励んだし、極意の近くまではいったと思うが天与の資格に欠けていたためにそれを手にすることは出来なかった。

三島氏は自分が肉体に関して願ったものと対極的に隔たった人間であるということを知り得ぬほど、違って遠い位相に置かれていた、ということを知ることもできなかった。氏があるいは他の位相において天才だったかも知れぬということを逆に明かすほど、氏には天才的に肉体の才能が無かったとしかいいようない。無残な言い方だが、天はそんなに甘いものではない。

三島氏が天与の文才を持っていたことは確かだが、氏がまた肉体に関して天与の才能を持っていなかったことも確かである。

三島氏は、人間が何かに関しては全く才能がないということは絶対に恥ではない、ということがわからなかったようだ。それを氏だけは受け入れられぬというならただ自惚れというよりない。

三島氏の文学を周りから粉飾しているさまざまなプレゼンスは、全てがあの奇矯な死に方から遡行して配置されて在るともいえる。なにしろこの現代に、誰にもさっぱり訳のわからぬことをやった挙げ句に腹を切って死んでしまったのだから、その異常さの故に過去の全ての奇矯さがそれに向かって繋がり集約されているとしか考えられぬ仕組みになってしまっている。

しかし果たして氏は、それほど完全に全てを企んで自らのプレゼンスを行ってきたのだろうか。

その作品や死をも含めて氏の一生には、どうやら二つのコンプレクスが音楽のコードのように絡み合いながら鳴っていたような気がする。一つは、名声やら、真の肉体やら、願うものをとにかく得たいという獲得への小児的願望、もう一つは陰の和音のように、幼少の頃からの虚弱な肉体のせいで、戦争の折りにも国家が必要としてくれなかったような肉体の故に差別され、肉体の犠牲を賭して戦う栄光から外された経験への恥の意識。それが初期の作品の中にも現れてくる突然の自己喪失、あるいは夭折への願望を育てもしたのだろう。

しかし後年の肉体の獲得への錯覚は、それを踏まえながら、さらにそれを裏にかえした完璧なる死の達成への手のこんだ作業となって現れてくる。それらのコードが後年においてはいつも交互に織り成し氏の内で鳴っていたのではなかろうか。

例えばあの哄笑は私には決して自負に満ちただけの笑いとは聞こえなかった。深沢七郎が三島氏の内に見届けた「無理」とは、氏がいつも密かに背負っていた恥ゆえのものだったに違いない。

しかしここで心理学者のようにいかにも穿った詮索をしても詮ない話だが、私には何人かの若い評論家が三島氏の奇矯な死に向けて全てが整然と繫がっているように書き立てているのはいささか単純に過ぎるような気がする。

第一、「太陽と鉄」なる怪しげなアッピールにしても、読み違えというか、三島氏のおどろおどろしいレトリックにはめられて三島氏があたかも真の肉体を獲得していたかのような前提で論じたり、氏の肉体が行為と直結し得たものであったように受けとっているのは笑止である。

大体三島氏があの中で、ついに獲得したなどと記している、いわば肉体に関する極意などは全くの嘘っぱちでしかない。それも見破れずに、まあ批評家とて人間だからそれぞれなんらかの肉体感覚は持ってはいるだろうが、といって文字で書かれた肉体の極意についてあっさり共感したり納得したりしてしまうのは所詮ものを知らぬとしかいいようない。

比べて三島氏の方がはるかにしたたかだから、自分のついた嘘がばれそうになるとそれを逆手にとって旨い言い訳もしている。

同じ「批評」の同人だった日沼倫太郎氏が「太陽と鉄」について三島氏に、

「君はあれを書いたらもう自殺するよりないな」

といい、顔を合わせる度に、

「君はいつ死ぬんだね」

となじったという挿話を三島氏は日沼氏の突然の死の後わざわざ紹介し、自分に死を迫った当人の方が先に死んでしまってたいそう驚いたなどと書いているが、私も個人的に親しかった日沼氏の感性と人となりからしても、日沼氏はあのエッセイの大仰な嘘について見破っていたと思われる。日沼氏にしてみれば、総じてうさん臭いあの自己告白を揶揄していったことだろうし、それを面と向かってとらねばならぬほど、実は三島氏もあのエッセイの虚構については自ら知っていたに違いない。

あるいは、実は三島氏は日沼氏の詰問に追い込まれた節があったのではないか。そうとすれば、それは自分のついた嘘への誠実さというより、三島氏の内の深みにあった恥のコードがまた激しく共鳴したせいではなかろうか。

作家も人間である限り自分が負うた肉体のさまざまな呪縛から逃れられはしない。山本七平氏は三島氏に関するエッセイの中で鋭い指摘をしている。だいたい三島氏に関しては文学に関わり薄い人達の方がまっとうに捕らえ正確な分析や批評をしている。

山本氏は批評における無私について触れながら、夏目漱石の身長の低さが漱石のロンドン時代のノイローゼに関わりあるという或る人の論から、容易に三島氏を連想したといっている。三島氏のいわゆる「ますらおぶり」も戦争時軍隊にいけなかった屈辱のコンプレクスの故ではないかと想像し、それが気になりだすと「無私」ではいられなくなり、それは読者にとって不幸なことだといってもいる。

しかし読者に向かって「ますらおぶり」をひけらかし無私の垣根を踏み出させたのは三島氏の画策であって、自分の文学に関して芸術に関わりない自分の他の部分をことさらの意識で持ち込んだのは、つまり無私であり得なかったのは三島氏の方でしかない。だから冒頭に記したように、かっての時代の三島文学の読者の不幸は作者自身の責任によるものでしかない。

三島氏に関する私との対談で野坂昭如氏も、私が初対面の時に直感した三島氏の内の故知れぬ『世間全体に対するギルティ・コンシャス』の解明へのヒントとして、三島氏が徴兵検査を父親にいわれるまま東京ではなしに、ひ弱さが目立ちやすい兵庫県の田舎で受けたことへの後ろめたさをいっていたが、小説を書くのを禁止し自分の念願する大蔵省へ入るのを強いたという父親に対するコンプレクスがらみで眺めると、あながち的の外れた論とはいえなさそうだ。

勿論当時とはいえある若者たちは戦争について醒めたものを持ってもいたろうし、それを卑怯とかずるいとして咎めることなぞ出来はしない。しかし後年の三島氏にとってその記憶が厄介なものに育っていっただろうことは想像出来る。そしてその心理構造は山本氏が想定した「ますらおぶり」の武人コンプレクスに容易に重なっていく。かって自分が忌避した、あるいは拒否された、軍隊に押し入り指揮官を縛り上げて脅し自分の意思に従わせて全軍を動かそうという願望は、氏のかっての時代に男として当然ありうべき軍隊体験の欠如に依っているに違いない。

しかしそれでもなお、三島氏における旧帝国陸海軍における経験の欠如が、今日の自衛隊が彼の言葉の羅列の檄によって始動し、囚われた司令官を奪回する代りに反国家的なクーデタの遂行に踏み切ると本気に思わしめていたとも思われないが。

短い評の中ながら山本氏は適確に鋭く、聖人を描くのか自分が聖人になるのか自らの内で不明になってしまった晩年のトルストイとの対比で三島氏の衝動について占い、さらに彼をあの帰結へ導いた精神の創《きず》について触れている。

『こんなことを考えていると、また「即日帰郷ヲ命ズ」(徴兵失格による)にもどってしまう。こんな単純なことから、彼の作品を論じたらおかしなことになるであろう。(中略)確かにそうであり、そんな態度では「無私」で作品を読むことができなくなり、その真価を正しく把えた批評も不可能になる。だが、各人の人生のさまざまな体験とそれに基づく先入観はこの不可能を可能にしてくれない』

と山本氏は書いている。

しかし繰り返していうが、批評のための無私の垣根を壊して読者を禁断の人工迷路に誘いこんだのは三島氏のやり口だった。

氏がかまえた人工迷路の一つが、ホモセクシュアリティだったと思われる。それもまた三島氏の無理の一つだったろう。氏のホモセクシュアルについていろいろいう人はいても所詮どれも仮説でしかあり得まい。当人がそうだといっても同じことのような気がする。あれもまた氏のプレゼンスの一つであり、深沢七郎流にいえば、無理の一つだったに違いない。

人間が自らの肉体の虚弱さについてどれほどいかなる思いを抱いているか他人にわかろう筈もないが、氏の場合それはそれを起点としてさらにさまざまなコンプレクスが形造られていったと思う。

特に、氏が名声を得出し、しかしまだボディービルに思いつかなかった頃の氏の内部には興味がある。丁度その頃私は氏と知り合ったのだったが、知己となってから私が「禁色」はいかにも面白かったといったら、

「ああ、あれはただの外連《けれん》、外連。あんなものはもう卒業したの」

「でも外連の方が、この頃の観念だけの小説より面白いな」

私がいったら、

「君ももうそろそろ趣味を考えなくちゃ」

と例の哄笑だった。


三島氏が自ら完全主義者たらんと唱えたような生な文章は目にはしていないが、他の誰もそれを疑わないし氏自身も疑ってはいなかったろう。何よりも、氏が完璧な肉体などという分際を心得ぬ高望みをしたことがそれを明かしているが、誰もそれを非難することは出来はしまい。人が何かを願い望むのは、ある意味での宿命かもしれないのだから。

作家としての氏の資質は破綻というものを恐れて嫌い、破綻の内にあるそれ故の美の高揚、あるいは真実の発見獲得を認めなかった。いや、感知し得なかったというべきか。だから氏にとってあの自殺は破綻ではなく、むしろようやく手にし、氏自身は拡大して眺めいった肉体がやがては老いて失われていくことの方が破綻だったのだろう。

いささか話が飛ぶが、いつか二人で川端康成の文学について話していた時、

「で、君は川端さんのもので何が一番好き」

三島氏が尋ね、私は、

「みずうみ、だな」

と答えた。するとと三島氏が顔色を変えて怒り出し、

「君、何をいうんだ、あんなものは破綻している。あんなどろどろして不明確な作品はない、あんなものは失敗作だよ」

いい放った。

「破綻しているからいいんですよ、どろどろしていてどうしていけないんです。人間なんてそんなものじゃないの」

私がいうと、

「それをそのまま書いたんじゃ作家の芸なんぞありゃしない」

氏は軽蔑するようにいった。

私はいかにも三島氏らしいなと思っただけだったが、それから間もなく横須賀線の電車の中で川端氏と一緒になりいろいろ気ままに話し合って東京まで貴重な一時間を過ごしたが、その間何であったか三島氏の核心に触れるような話題となり、その最中電車が止まり新しい乗客が乗り込んできた。

その途端、向かい合っていた川端氏がにべもなく話を中断し、身を乗り出すようにして私の後ろ側の誰かをまじまじ凝視しだした。氏のそうした突然の集中は過去にも経験があったので、私は氏が誰か見知らぬ女の乗客に関心を抱いたのだなと悟り、自分もふりかえって眺めてみた。不美人としかいいようない実につまらぬ女性に川端氏は目の前の私を全く忘れて見入っていた。

そして何を納得したのかまた突然、引き千切るように視線を背後の相手から離すと、話はなんだったっけというように向き直ってみせる。

なぜだかつい先刻までの話題を続ける気がせず私は、最近三島氏と川端氏の作品のどれが好きかという話をしたと告げた。

「三島君は何といっていました」

「千羽鶴、といっていましたね」

「ああ、そうでしょうね。で、あなたは」

氏は笑顔ながらいつもそれだけは笑わぬあの目で見詰めていった。

「それで三島さんと喧嘩したんです。それより、川端さんご自身は、最近のもので自分で好きな作品はどれですか」

「そうですね、読まれたかどうか、私は『みずうみ』が好きです」

言下に氏はいった。私は笑いだし、

「実は私もそういったんです」

「そしたら」

「あんなもの破綻していて、どろどろし過ぎていて駄目だって。だからいいのじゃないかと僕はいったんですが、極めてご不興でした」

いうと川端氏呵々と笑って、

「ああ、それはそうでしょう、あれは三島君には駄目ですよ、あの人には駄目です」いった。

それからまた間もなく三島氏と会った時、何よりも先に先日の川端氏との話を取り次いだ。

「でね、僕がいう前にこちらから聞いたんですよ、ご自身は何がお好きですかって。『みずうみ』っていいましたよ」

私が覗きこんでいうと三島氏は唇をへの字に結びそれきり何もいわなかった。

川端氏がなにゆえに「あの人には駄目です」といったのかわかるような気がするが、何よりも面白かったのは川端氏自身が「みずうみ」といったこと、それが三島氏にとっては心外、というより不愉快、あるいは不安だったろうことだ。

破綻を恐れ完璧な均衡を願望する人間にとって、実はそう願うことそのものが破綻の引き金となるという逆説を、三島氏は自分の命の代償に一体誰のために証してみせたのだろうか。

三島氏の言葉を借りれば、氏がすでに習熟した観念の言語に加えて肉体の言語を保持したいと願うようになったのは、氏の肉体が貧相虚弱だったが故に当然だろうし人間的でもある。

ただ言葉をさえ持つというような肉体の獲得は、いうには易くとも実際には多くの人間たちにとって不可能に近く、それは文章の習得とは全く位相の違う世界での危険で業苦に満ちた習練によらなくてはならない。文学がそのための才能が欠如していてもなお文学に憧れる人間たちにとって、魅惑の手綱を緩めずに人生を引きずり回す危険な毒であると同様に、真の肉体への願望もまたその強さに比例して人生を蝕み破綻させもするということを三島氏は悟れなかったし、誰もそれを教えようとはしなかった。

私は氏のそうした試みに折々立ち会ったしそのための手立てを講じたりもしたが、結果論でしかないが、誰かが彼に愛想つかしして破門してやっていたら氏は氏なりに翻然として悟るか、あるいはそれで何かを体得することが出来たかも知れない。

本当なら最初の試みであった拳闘で一番大切な事柄について悟らされるべきだった。なぜなら拳闘は氏が手掛けたスポーツの中でも最もマッハ的で危険極まりないものであり、スポーツに関して最もエッセンシャルなものを要求するからだ。

人に勝る反射神経、獲得されるべきフォームへの天性の順応とかつまた抑制の能力。それらはスポーツの極意につながる会得、すなわちフィーリングとかタッチのための絶対必要条件であって、それを欠いた選手は下手をすると人生そのものを失いかねない。

三島氏が拳闘を習った日大拳闘部の小島監督の弟子に日本バンタム級のチャンピオンになった石橋という選手がいた。三島氏の最初のスパーリングの折り彼も同門の先輩兼野次馬の一人として眺めにやってきていたが、その時交わした会話が、その後目にした三島氏のスパーリングの内容と実に対照的だったのを今でも覚えている。

彼はその後間もなく、当時日本のボクシング界を席巻していた悪魔的なボクサー、キューバのアルメンテロスと対戦の予定があった。アルメンテロスというのは強すぎてどこにも相手がおらず、チャンピオンたちは負けるのが自明の相手と戦うのを忌避してタイトルマッチのカードが組めずに世界中を放浪していた。そのせいでウエイトの調整も自在でバンタム、フェザー、ライトの三クラスで戦うことが出来るという特技があった。

彼が、当時日本のフェザー級で彗星のように現れ大物を次々に薙ぎ倒し選手権への次の挑戦者となっていた稲垣というボクサーと日比谷公園の特設リングで対戦し、第一ラウンドは相手のパンチを伺い、その程度を見澄ましての第二ラウンドで相手を誘い出して打たせその直後物凄いカウンターブローの一閃でKOするのを見たが、まさにデモーニッシュなボクサーだった。そして稲垣はその試合で食ったたった一発のパンチのお陰で永久にリングから消えた。

そしてその時、同じ試合を見にやってきていた石橋と控え室で話したことを覚えている。それにアルメンテロスの前座に彼はランキング下の新しい選手とノンタイトルの試合を組まれてもいた。

「どうだね今夜の相手は」

聞いた私に、

「いやですねえ、あいつは僕より強いですよ。本気で勝てると思ってるでしょう、それでランキングを挙げて今度はタイトルを狙ってくるつもりじゃないの」

パンチが弱くとてもタイトルは無理と思われていながら、フットワークと巧みなクリンチワークで十二回フルに戦いこまめにポイントを稼いでタイトルをとったばかりのチャンピオンはいっていた。

「だから打ち合うつもりはありませんよ、かなう訳ないからね。適当につないどいて、どこかでバッティングやって逃げちまいますよ。頭ならこっちもけっこう堅いですからね」

そして実際に彼はのらくら逃げ回った末にロープ際のミックスアップで計算通り頭で相手の目の辺りを一度二度突き上げて傷を負わせ、相手はそれで戦闘意欲を無くしてしまい判定で彼が勝った。


「しかし今度のアルメンテロスはああはいかないだろう。下手をすると——」

三島選手の登場を待つ間の会話で私がいうと、

「もちろんKO、KO。もつ訳がありませんよあんな奴とやって。本当に当てられる前にこっちで寝てしまいますよ。稲垣みたいに気負って、引退前に片輪にされちゃたまらないもの」

いった通り次の試合で彼は三ラウンドまで逃げ回り、野次が大きくなるのを見澄まして打ってでるふりをし、アルメンテロスが反撃に出るとあっけなくパンチを食って倒れそのままKOされてしまった。

観客はそれでもアルメンテロス神話を目にしたつもりで熱狂していたが、カウントの最中石橋はマットに寝たまま誰かに向かってウインクするように片目を明けてレフリーのカウントを聞いてい、カウントアウトされるとさっさと起き上がってセコンドの手も借りずにリングを降りていった。

あれは剣道の神話によくある、彼我の実力の差を剣も交えず相手の居住まいを眺めるだけで悟ってしまう一種の極意だったと思う。石橋は技や力を凌ぐものについて知っていたまさにクレバーなボクサーといえた。

さて三島氏のスパーリングはこれは大層なものだったというよりない。

「昨夜はこのことを考えると、嬉しくて嬉しくて眠れなかったよ」

氏はいっていたが。

私は当時まだ珍しかった8ミリの撮影機とライトをジムに持ち込み撮影したが、その前から三島氏の興奮と緊張は大変なもので、緊張のあまり蒼白になった顔の色は二ラウンドのスパーリングが終わってもまだ血の気がさしてこなかった。

事前のパンチングバッグやサンドバッグへの打ちこみは一応の体は成していたが、肝心のスパーリングになるとどういう訳かパンチがストレートしか出ない。

痩せた三島氏に比べて肥満した小島氏はヘッドギアもつけず、アマチュアのスパー用の頭ほどもある大きなグラブをつけて対しているが、そのフットワークの方が三島氏より軽快で三島氏はなかなか追いつけない。その内小島氏の方がしびれを切らしたように立ち止まり、「さあさあ」と声をかけ、三島氏はここぞと打ち込むが相手はなれたものでブロックもせず、体を上下左右してのダッキングだけでかわしてしまう。

どういう訳か三島氏は依然出すのはストレートだけで、見かねて私は、

「フック、フック」

叫ぶのだがどうにもままならない。

ゴングが鳴ってコーナーに戻った三島氏は依然蒼白で吐く息ばかりが荒く、ギアの下の目が座ってみえた。並んだ石橋に振り返ると、応えるようにしきりに首を振りながら、

「えらいもんだ、いやあ、えらいもんだ」

チャンピオンはいってくれた。

第二ラウンドは小島氏が顔を差し出すようにして打たせ、パンチがきいたようによろけてみせたりしたが、それが励みになったか、周りからかかる声に気負って三島氏がストレート一本のラッシュをかけると、今度は小島氏が軽く身を捻りながら、「それいくぞ」と声をかけての反撃で二つ三つパンチを放つ。それがガードの空きっぱなしの三島氏をまとも

にとらえ氏はよろめいたりしていた。

シャワーを浴びて出てきた三島氏は今までとうって変わった上機嫌の饒舌となり、部員たちとしきりに何やら声高に話しあっていたが、私がいたことにようやく気づいたようなので、

「なんでフックを打たないんですか、ストレートばかりで」

私がいうと、やや不機嫌そうに、

「フックはまだ習っていないんだ」

氏はいった。


三島氏は間もなく、二度ほどスパーリングをやったが頭に残るショックが強すぎるので危険と思い拳闘は止めたといった。私としては、それは氏のために大層いい決断に思われた。

私は拳闘は見るのは好きだが自分でやる気は毛頭なく、だから他人のことはあまりいえまいが、こと拳闘に関して三島氏は自らの期待に反してその才能はほとんど無いものにしか見えなかったし、またそれが大方の人間にとっては当たり前のこととも思えた。たとえ何十オンスのグラブを使いヘッドギア越しだろうと、プロを相手のスパーリングは重ねれば三島氏の文学になんのプラスももたらさぬだけではなく、思いがけぬ損害さえもたらし

かねぬと想像出来た。私には三島氏に拳闘の才能が皆無であることは三島由紀夫には全くなんの関わりもないことにしか思えなかったし、氏もまたそれを悟ったと思っていた。

三島氏が拳闘を続けていたとしたらどのような肉体を獲得していたかは知らぬが、それは少なくとも氏がその後間もなく始めたボディービルによったものとはかなり違っていただろう。そして氏は多分それに満足出来なかったろうが、しかしその方が少なくとも肉体の機能なるものが何でありそのために自分に何が欠けているかを悟れたに違いない。そしてそう知ることは、繰り返していうが、氏にとって多少の屈辱とはなったろうがなんら恥ずべきものではなかったはずである。

ボディービルというのは他のスポーツを補うために有効な手段ではあっても、それそのものがプロパーなスポーツとはいいえまい。スポーツに詳しい、あるいは堪能な他の誰に聞いてもそういう。ボディービルによってのみ培われる肉体は、他のさまざまな機能を要求するスポーツによって獲得される肉体とは異なる範疇の肉体でしかない。ボディービルによって造り出された肉体の機能とは観賞に耐えるということであってそれ以外の何でもない。

そして観賞に耐え得る、つまり見てくれということでいえば、他のいかなるスポーツによるよりもボディービルは効率よくそれを与えてくれるだろう。

他のスポーツは、それによってのみ与えられ満足を味わうことが出来るほどの肉体を獲得するためには、その途上に誰しもが危険さえ伴う様々な身心の試練に晒される。怪我の他にも、苛立ち、怒り、屈辱、劣等感、などなど。そのどれもが人間の精神の肥満を殺ぎ落とし、結果としてよろず人間の資質に関する公平な認識を育て、さらに謙譲さ、忍耐、自制心を培い、つまり精神の強靱さを与えてくれる。

三島氏がボディービルによる肉体の獲得の過程についてのべながらしきりにいっている受苦とは、ただあの方法における単純安全な反復に耐えるということでしかなく、他のスポーツには付随してある精神あるいは情念における苦痛についてでは全くない。

スポーツにおける極意のための絶対必要条件とは、精神の強靱さの獲得のために用意されている苛立ち、怒り、屈辱、あるいは劣等感といったあくまで他人との関わりの中で克服獲得しなくてはならぬ相対的な自己認識である。

ボディービルという、私にとっては退屈きわまりないトレーニングにはそれがない。ただ反復ということに耐えれば、間違いのない株を買うように目に見えた配当がもたらされはする。三島氏のようにそれに随喜し、それこそが必要な人間もいれば、それには決して満足出来ぬ人間もいる。しかし決してそれらを一律に並べることは出来はしない。それは厳然とした範疇の違いであって、株でいえば一部の上場と店頭のそれとの違いといえる。

肉体の真の才能を要するスポーツで強いられることは孤独などでは決してなく、あくまで他人との肉体的精神的な濃い関わりの中に自分を晒して耐えることで、ボディービルダーがある反復の量を克服すれば密かに、やがてはおおっぴらに許される自己陶酔とは全く関わりない。そこでは他のいかなる才能もなんの助けにもなりはしない。その限りで、他の分野での自負ある人間にとって真のスポーツとは、悪い女に惚れるようにおぞましく唾棄したくなるような世界でもあり得るのである。

肉体が観賞のために在るというのは女だけでなく男にとってもありえようが、それはごく稀なことで、一時は拳闘を志した三島氏が、実は願ったものもそんなことではなく、あくまで機能する肉体、つまり見事な、真の行為に繋がり得るものだったに違いない。一人前の男なら誰しもそれを願うだろうし、よしそれがかなわなくともその男が一人前ではないということにも絶対にならない。ということが肉体に関する公理の一つだと私は思っている。

三島氏の自分自身に対する偽善は、自分でそう納得してかかりながら自分に偽りの肉体の贈物をしたということだ。私もボディービルダーの友達をたくさん持っているが、彼等は健康と、自分ならびに他人の観賞のためにああした体を造りあげそれで満足している。またある者は自分が打ち込んでいるスポーツの一助にしているし、またある者は自分がたしなんでいるスポーツのためにはならぬからああしたサーキットトレーニングを止めてしまった。それは肉体の養成に関して明らかに範疇の異る二つの方法についての選択であって、ともにそれぞれ自らが願った目的への効率を心得てしているだけのことだ。

しかし三島氏はそのカテゴリーを混同しその違いに気づかなかったか、気づいていながらも異る範疇の中でのあまりの自己満足に、敢えて無いものねだりをしてしまったというべきか。氏が得たものは氏にとってはあまりに望外だったのかも知れず、性の悪い女に惚れたように我を忘れた耽溺が錯乱に繋がったということなのかも知れない。

あれは多分三島氏がようやく目に見えての筋肉を備えだしていた頃だったが、私がある雑誌のグラビアのために真冬の海の上でヨットに乗りながら上半身裸になって写ったことがある。冬の凪いだ海の上でその日の一番強い陽射しを満喫するために着ていたものを脱いでグラスを手にデッキに座って、隣の船からのカメラに収まった。今にして思えば、カメラマンは後に三島氏のあの有名な肉体写真集「薔薇刑」を撮った細江英公氏だった。

雑誌が出た翌日突然三島氏から電話がかかってきた。いきなり、

「あのグラビア拝見しました」

そしてその後なんともはしゃいだ風の例の哄笑で、

「君ももういよいよ駄目だね、あれを見て気の毒で気の毒で。後はもう腹が出るのを待つだけでしょう、本当に情けなくて涙が出た」

「ああ、あれですか。そんなにひどくはないですよ」

「いや、自分でそれがわからなけりゃもっとみじめだよ。君ももう少し鍛え直したらどう」

「ボディービルでですか」

「いいコーチを紹介しようか」

「あんなものやったら走れなくなりますよ。僕は今サッカーじゃいい線いってるんですけどね」

「なんだろうと、あの体じゃもう駄目ですね」

といった会話だった。

今にして思うと三島氏には私がいったことの意味は全く通じていなかったろう。三島氏には公式リーグでのサッカーの試合をその年齢なりにこなし切れる肉体の意味とか価値、などとまでいわなくとも、それに対する選手としての満足などはおよそ縁ないものだったに違いない。


私事だが、あれは三十二、三の年の頃だった。私は当時仲間と作った湘南サーフライダースというエレキバンドみたいな名前の全くの手製のサッカーチームでボールを蹴ってい、大学出たてで早稲田では一年の時からレギュラーだった久保田という素晴らしいセンターフォワードを得て、彼とのコンビで二年続いて、今でいうアシスト王だった。私たちのチームが所属していたのは今の関東リーグの前身のリーグで、その中には後に日本リーグに進んだ日本鋼管もいた。ある年など上の日本リーグとの入れ替え戦にまで出て日本鋼管と引き分けたこともある。

まだ年々の正式の記録こそ残されていなかったが、一年の終りにリーグの事務局から誰かがいろいろその種の記録を聞かされてきたものだった。

レフトウイングの私はもう昔みたいにボールを持って走り切れぬようになってはいたが、持ち前のロングキックを生かし、一人抜いた後なお走ると見せかけて中へ切れ込み、サインに合わせて走っている久保田に長いパスをオフサイドぎりぎりに送り彼がそれを決めて勝つことがよくあった。

その後参議院に出るために試合から遠ざかり、いつだったか暇を見て大事な試合の応援にいったら、後ろに私がいるのも知らぬそのリーグなりのファンが私に代ったウイングが若さにまかせてボールを持ち過ぎては潰され久保田が生かされずチャンスが一向にこないのを眺めながら、

「このウイングは駄目だ、いつもだと石原がうまいタイミングで久保田に繋いで点を取るのになあ」

連れにいっているのを後ろで聞いて胸が熱くなった。

選手としてのその種の至福さというものはこちらが人知れず独りでいるだけにひとしおだが、そんな感動は多分三島氏にはおよそ関わり遠いものだったに違いない。

氏からの電話をもらった時私はある意味ではサッカー選手として私なりのピークにいた

ので、三島氏の揶揄には全く実感がありはしなかった。しかし三島氏には私の応答はただの負け惜しみとしか伝わらなかったろう。

私は決して一流のサッカー選手ではなかったが、肉体が衰えだしたあの時期になって初めて、今までのいつにも悟り得なかったチームプレーとしてのサッカーにおけるある極意のようなものに触れることが出来たような気がしていた。そしてそれを私と同じように私のためにも感じとり、察していてくれたのは、私のアシストでポイントゲッターになっていた久保田だったと思う。

三島氏が肉体論の中でしきりにいう肉体に関わる集団というのは、実は声高に何を論じることもない、そうしたひそやかな連帯でしかありはしない。

絶対値としては比べようもないが、私も子供の頃三島氏と同じように虚弱な肉体の持主でしかなかった。そしてサッカーを始め、あの時代の理不尽ともいえる練習の集積で体質が変わっていくのを実感した。それでもなお私は決して一流のサッカー選手にはなり得なかったが、私はそれで満足することも諦めることもなかったし、なおその差を少しでも縮めようと努力し、それでも適わぬ相手を眺めながら、自分の肉体を通じて相手のより優れた、あるいは絶対に選ばれた肉体を感じとり味わうことを覚えた。少なくとも、肉体に関して絶対に選ばれた人間が存在するという、不条理の原理のようなものを体得することは出来るだけの肉体の能力を備えることが出来た。

それは他人にことさら見せびらかすものではないし、また絶対にかなわぬことを私に悟らせた相手もその肉体と技について誇示することもなかった。それはいわばあの世界だけに通用する、孤絶した行為の世界の保持のための密約のようなものだ。肉体の能力に関する敬意と自負には言葉など要りはしない。

すばらしい肉体とはあくまで行為、動作に直結した肉体であって、肉体への陶酔やその存在感はただその行為の瞬時の達成の内にしかありはしないし、日常人目につきやすいものでありもしない。

それは行う者にも見る者にも瞬間に閃く光のようなものであって、次の瞬間には消え去り定着不可能な、水に写る鳥の影のようなものだ。たとえ願っても一体誰がどうやって他人にそれをまたことさら誇示して見せることが出来るだろう。

我々は秀でた選手をある選ばれた試合の場でしか目にすることはない。武士が戦場でしか切り合うことがないのと同じことである。路上で行き違う名選手はそこで目にする限り我々と同じ人間でしかない。相手がいないのに路上で刀を振り回す侍は気がふれた者でしかない。

それ故に行為は行為であり、それを成し得る肉体こそが肉体であって、だからそれそのものが知的であることなぞ決してありはしない。

だが三島氏にとっての肉体とは他人に誇示して眺められ、自らもしげしげ眺めいって陶然とすることの出来る、彫刻に似てスタティックなものだったに違いない。

しかし、ある見事な動作の無意識の連続集積によってのみ完成されるスポーツという肉体の方法を選んだ人間にとっては、意思の通り、あるいは願った通りに動かぬ肉体などその形がどうだろうと全くなんの価値もありはしない。人々が愛し共感するのはたとえ出かけた腹を突き出してでもメジャーリーグに挑戦するかっての江夏のような、人生のある局面を必死に背負っている肉体的な存在である。

三島氏の肉体についてのとらえ方を証すような挿話がある。

Hという著名な編集者自身から聞いた話だが、彼が氏の家であったか滞在中のホテルかに原稿をとりにいった時三島氏は仕事を終えて裸で日光浴をしていた。話しこんでいる間中氏が太陽を仰いだまま体を伏せぬので気にした彼が、自分に構わず体の向きを変えてくれといったら氏は、

「背中を焼いても前からは見えないから焼かないんだ」、といったそうな。観賞用の彫刻たらんとするにせよ背中を持たぬというのはいかにも半端な話だ。レリーフの立体感の限界は、所詮背中を持たぬということではないか。

私がこの今になって思い出してみる挿話はどれも三島氏のプライバシーに触れるものだろうが、しかし氏はそれをことさら誇示することで氏の世界を造り上げたのだから、毒を解くのに毒をもってするようなもので仕方がない。

思ってみれば氏が死ぬまで熱心に続けたパアフォーマンスは、いわば局部を自分の手で押し広げてみせる特出ストリップのようなもので、私たちはそれを結構楽しみ喝采もしたのだからどちらだけの趣味ともいえまいが、こと肉体に関する限りのもろもろの挿話は、実は三島氏が死について書いたものの中にちりばめられた伏線を捕らえ、氏の死を正確に解き明かして三島氏の作品を作者から解放してやるのに必ず役立つと思う。


氏がいくら人の目を攪乱するレトリックを駆使して肉体を論じようと、それがいわば肉体の極意について語られる限り、読者はそれを説く相手の資格、文章に関する資格ではなしに、あくまで蘊蓄をかたむける当人の肉体に関する資格を問う権利があるはずである。たとえば誰かが剣道なり合気道の極意について語る時、彼自身が名人の名に値する術を体得した人間でなければ、その資格はありはしまい。でなければそれは、段もとれぬ初心者が賢しげに先輩名人の批評をするように滑稽でしかない。

ならば三島氏は肉体に関しての名人であったのか。彼の肉体はなんらかの術を自在にこなすことの出来るほど、選ばれ鍛えもされたものだったのか。

端的にいって、氏はいかなる肉体の術にも必要な反射神経の持ち主であったのか。ボディービルを除いた、行為の完成を目的とした他の術の、最低かつ絶対必要条件といえる反射神経を氏は持っていたのだろうか。

否である。

私は決して一流のサッカー選手ではなかったし、いろいろ手がけてきたスポーツの全てに望んだままの成果を得たとは口幅ったくいわないが、しかし見巧者であることは疑わない。その私から眺めても氏の反射神経は絶望的なものだった。その度合いは気の毒というより危険なほどで、実際に氏はそのためにやがて大きな怪我までして入院している。

私が氏の初めてのスパーリングを眺めて感じたもの、それをその時同じリングサイドにいたクレバーボクサーの石橋選手は、しきりに首を振りながら、「えらいもんだ」、といっていたが、それは身のほども知らず危険を顧みずにボクシングという技に挑む氏の無謀への精一杯の賛辞だったに違いない。

さて、舞台や映画での演技は当然観客の視覚にとらえられる肉体の動作を要求する。それはそのシーンに俳優が口にする台詞がどれほど絢爛華麗な、あるいは心にしみる感動的なものだろうと、それに伴う肉体の動作がかなわなければ演技として人の心を捕らえはしない。その限りでも肉体の動作、行為というものは言葉が表象する観念や精神とはあくまで別の次元のものだということを証してもいる。

我々は日頃言語に埋没して生きているから言葉の足りなさあるいは奇矯さについては鈍感になっていて、それが誰かの演技の台詞廻し中に見られても割に寛容に過ごすが、視覚という一番直截な感覚の中で肉体の現象として起こると容赦ない評価が下される。

野球選手や相撲取りに歌の旨い選手が多いのは歌唱という言語に載った表現を彼等の無類の反射神経が支えているからで、その逆、音痴に運動神経の卓抜な人間を見たことがない。

ちなみに三島氏がこれだけは君もやっていまいこれは本邦初だぞと、どうやら半ば以上本気で自慢していた、例の氏の主演映画「からっ風野郎」の主題歌の氏による吹き込みのレコードは大層なものだったが、大岡昇平氏にいわせると、送り主の三島氏に敬意を表し家でレコードを聞いていたらお嬢さんがやってきて小首を傾げ、「あら、これなあに、お経」、といったそうな。たしかにあの歌は妙に抑揚を欠いていてお経のように気張っていながらフラットだった。

その、レコードまで出した主演映画で氏は監督の増村保造氏に徹底していびられたという。

三島氏と同じ東大出の、所属していた大映ではエリート監督でイタリーに監督としての留学までした経歴の増村監督は、アーティストとアーティザン半々というところの器用な、ある感覚も感じさせる映画人だったが、彼が有名な三島氏を役者として迎えてなんらかのコンプレクスの故にも監督という立場を利用して氏をいびったというのは、増村氏のためにいささか気の毒というべきだろう。むしろ不幸なのは、永田雅一というワンマンのとんだ思いつきで、三島氏のためには会社きってのインテリで器用で多少の芸術性もある監督が良かろうと白羽の矢をたてられた増村氏こそに違いない。どんな名人の板前だろうと腐った魚は刺身にしたてられはしない。

私には映画の進行中の増村氏の腹立たしさと焦りが手にとるようにわかった。というのも、初めて映画に主演する三島氏はなにかと映画界の事情にうといために、当時関係のあった文学座に頼んである若いスタッフを撮影の間お付きとして出向させていた。たまたまそのUという青年が私の母の親しい友人の息子で、彼が本業の所用で忙しい折りにはその兄の方が弟に代わって勤めていた。兄弟二人とも母親たち同様私の家とは親しくて、折々彼等から撮影の模様を聞かされていた。

「あれは大変、監督も三島さんも見ていてほんとに可哀そう。そりゃあ台詞は誰でも少しやれば出来ますよ、でも演技の動きが全然ちぐはぐでどうにもならないんです。

この間も三島さんが情婦の若尾文子に持ってた灰皿をぶつけるシーンがあったんですが、それだけで一日かかっちゃった。とにかくまともに物が投げられないんです、あの人。

よくいるでしょ、頭は良くても運動はさっぱりで、キャッチボールしてても投げ方の変な子が。あれなんです。だから監督が匙投げて、昼飯食ってる間に裏方の誰か相手にキャッチボールしてこいって。三島さんもいわれた通り真面目にキャッチボールしてましたよ」

私にはスタジオでのその光景が目に浮かぶような気がした。増村氏にしてみれば相手にとにかくお前は駄目だと悟らせて撮影を中止する訳には絶対いかず、といってまったく不出来な作品を世に出すことは三島氏よりも自分自身のクレジットにも関わろうということで、なんでこの俺がこんな籤を引かされたのだという鬱憤が日ごとに滞積していったろう。

そして最後のクライマックスシーンで、主人公はデパートかどこかのエスカレーターで撃たれて死ぬ。仰向けに倒れた彼の死体を載せたままエスカレーターは上がっていく、というシークエンスだった。

その撃たれて仰向けに格好良く倒れるという動作がどうにも出来ない。何度やってもNGでOKが出ない。監督にしても灰皿をぶつけるくらいのところは多少折れ合えても、最後のクライマックスシーンだけは映画全体の出来栄え、三島氏の俳優としての名声(?)、自分の演出の技量への評価のためにも譲れはしなかったろう。

映画というかなり旧い社会に突然飛び込んで馴染むためにも、祝儀をきったり裏方と冗談いいあったりしているとはしゃいでいっていたが、その裏方も玄人だからこのシーンに監督が何を賭けているかはわかろうから、キャッチボールの相手とはいかず沈黙のまま見守っている。三島氏にもその気配が伝わってくる。ということで彼なりのサービスか責任感かで、思い切ってまともにぶっ倒れてみた。

皮肉なことにそれはラッシュで見とどけなくても演技とはなっていなかったが、拳闘のスパーリングも二度であきらめて大切にしていた頭を鋼鉄のエスカレーターのエッジにまともにぶつけて頭を裂くという大怪我をし救急入院ということになった。

件の青年の報告だと、

「いやんなっちゃいますよ、みんな白けてしまってね。結局あんなことして誰も得しはしないんだから、まったくどういうことなのかと思いますね」

実際そうだったろう、撮影は遅れる、監督はいらいらする、三島氏はさすがに監督を恨む。家族はこのままだと三島はあの監督に殺されるとまで思ったろうが、増村氏にしてみれば迷惑この上もないということだったに違いない。

私の弟がいっていたが、「錆びたナイフ」という作品の中で相手の悪役の俳優がどうにも勘が悪くて殺陣がからまず、映画初出演というその新劇俳優がしきりに恐縮するのが可哀そうで、ならば本当に殴れと許してやらせたら、その大男が馬鹿正直に思いきり殴りつけ犬歯で口の中が裂けて酷い目にあったそうだ。「あれがスタニスラフスキーシステムとかいうものかね」、弟は笑っていたが、お陰でそのシーンはそのまま生かされ大層な迫力だったそうだが、三島氏の場合にはスタッフはそのまま三島氏の回復を待って何日も待機し続けた。

ということで三島氏は自らについて何か深く悟ったかというと、どうも一向にそういう気配はなかった。世間の物見高さで映画がある程度の客を駆り出し興行としてまあまあの成績を収めれば、中には次の主演をそそのかす手合いもいたに違いない。傷ついた頭も癒えれば、三島氏は自分の裸を鏡に映すようにして主演のフィルムに見入りながら結局何も傷つくことなくすんでしまったようだ。

しかし映画の演技のシーンは、多少もの足りなくてもあの時もう一度リテイクしていればと責任を他人の不見識になすられようが、スポーツという行為の世界は結局積もり積もった虚構をある瞬間に破綻させ、悟るべきものを悟らせるに違いない。三島氏が、自分が獲得した理想の肉体だとか、その肉体を駆っての行為の極意だとかの御託の末に、自分が誰よりも自分についてきた嘘に気づき密かに挫折し、恥じ、その修復の必要に迫られぬ訳はあるまい。

そして氏に対して氏の抱えた虚構の大きさ、重大さをつきつけたものは、氏が愛したとしていた日本の古典伝統の表象ともいうべき剣だったと私は思っている。そしてまた、その破綻を糊塗する道具として剣ほど格好なものはなかったろう。

氏があの大仰な自己解析の「太陽と鉄」を書いたのはもちろん剣道をたしなみ、少なくとも自らは格段の進歩を得たと信じるようになってからのことだろう。しかし、また繰返していうが、氏は剣道という肉体の術もまた、教養や感性やましていかなる名声ともまったく関わりないある資格を必要とするものだということを、自覚出来なかったようだ。

氏はどう思いたってかある日突然、知己であった剣道の高段者である、当時ある総合雑誌の有名な編集長だったS氏のところへ剣道の導きを依頼にやってきたそうな。

「あの時だけは日頃になく、ポロシャツは着ずに背広にネクタイをつけてやってこられました。剣道を始めたいということで、私も喜んでご紹介しようとお答えしました」

人に見せたい体をわざわざ隠しての背広姿は氏なりの剣道に対する初心の敬意だったろう。しかしその敬意は、結果から眺め直せばあまり本物とはいえなさそうな気がする。

当時私はまだ参議院に籍を置いていて私より一期先輩のレスリング協会の会長だった八田一朗氏と懇意だった。八田氏は議員になってから人にすすめられるまま剣道を習って流石すぐに熟達し、本職のレスリングよりも熱中しているとのことだった。

ある時どこか国会周辺の道場での親善試合で三島氏たちと竹刀を交えたといっていた。以前私は三島氏から剣の腕を進めて今は五段までとったと聞かされていたがどうにも信じられず、その機会に八田氏に三島氏の実力について質してみた。

その一年ほど前、三島氏に誘われて氏が稽古にかよっている丸ノ内の第一生命ビルの地下の道場に見物にいったものだが、道場への出入りの挨拶その他いかにも殊勝な様子の三島氏が、いざ竹刀を振り出すのを眺めて驚いた。思えばこれで二度目のことだったが、なるほどまたかという気分だった。

氏は私の目を十分に意識して、大層誇らしげに例の大きな声をさらに張り上げ竹刀を振っているのだが、「面っ、面っ、面っ」とかけるその声と振り下ろす竹刀の動きがたちまちちぐはぐにずれてしまい、しまいには全く合わなくなってしまう。丁度子供が緊張したりすると歩く時の手と足が揃ってしまって、いわゆる南蛮歩きになるのによく似ていて滑稽だが当人は一生懸命だし笑う訳にいかない。

打ち合いになると相手の年配の高段者が適当にあしらいながら時々、どうやらそれが氏の得意技（?）だったらしいがほとんど一つ覚えの抜き胴をとられてやっている。まだまだ続くのかと思っていたらそれだけで息の上がった三島氏が突然、「有り難うございました」、叫んで正座してしまい、相手の年配者が防具の陰で微苦笑するのがうかがえた。

つまりそこでもまた三島氏は有名作家の特権を無意識に乱用し慣用していたとしかいいようない。それをはたで眺めることが、スポーツをまともに愛している人間にとっては苦痛であろうことを氏はついに知ることができなかったようだ。

眺めるこちらも眺められている向こうもどうにも痛々しく、氏には挨拶せずに勝手に切り上げ出てきたが、興味で同道していたある出版社の編集員で後に文芸解説者になったY氏が癖の吃りのままに、

「あ、あんな、け、剣道なら、ぼ、僕にも出来るなあ」

いっていたのが、小太りのおよそスポーツには関わりなさそうなY氏の風貌のせいでいっそう、印象的だった。三島氏は多分意識していなかったろうが私だけでなしに他に多くの氏の自負にとっては心外な証人を残していると思う。

で、その時私は八田氏に、

「三島さんの実力というのはどれくらいですか。五段とかいっていたけど」

尋ねたら氏が実に困惑した顔をしてみせた。

「実のところは二級、それとも三級くらいですか」

私がいったら正直な八田氏は救われたように破顔してみせ、

「いや、三級は気の毒でしょう。一級はいっているのではないですか」

いっていた。

この原稿を書き出してからごく最近ある席で橋本大蔵大臣にあったが、議員の中では剣士として有名な彼に、かって八田氏にしたと同じ質問をしてみた。

「いや、初段の力はあったと思うよ。しかし三島さんと試合してて、審判の××さんがなかなかこちらの決めをとってくれないんだ。えらい長い試合になって、その内ああこれは花試合なんだなと気づいてわざと一本とられたらそれで終りになったたな」

ともいっていた。

その話を件のS氏にしたら、

「なるほどそうでしょうなあ、いかにもねえ。だから私は申し上げたんです、決して段などとろうとしてはいけませんよってね。しかし結局、居合の方で段を貰われて、それで剣道の方でもということになったんでしょうなあ。それで結局私からも遠ざかっておいでになった」

「それはどういうことですか、段をとるなどというのは」

「いいえ、あの方はボディービルのせいでしょうか、手首が反《かえ》らない。つまり、手ぬぐいを絞るように竹刀が持てない、だからいつも小手が空いていて試合にはなりませんですからねえ。それよりも何よりも、いや、そのせいもあるでしょうか。私は申し上げたんです。剣の上達の度合いは段ではないのです。段などというのは通俗なものです。あなたが剣道をおやりになるということは、何も剣道が上手になるということではないでしょう。あなたはただ、剣の道はいかにむずかしいかつらいか、奥が深いかということを悟れるだけでいいじゃありませんか。しかし、その言葉は通じなかったようですね」

なるほどという気がする。しかしついでに、ボディービルダーの名誉のためにいっておいた方がよかろうが、手首が反らないのはそれ以前天性のものだろう。絞りの利かぬ手首には力が入らない。力の入らぬ剣では人は切れぬということである。

三島氏が居合というスタティックな剣の様式に入っていったのは当然のような気がする。

実際の居合とは家の外でする切り合いより、所が室内だけにより困難な技を必要とする格闘技としては至難のものだろうが、今日では技としての本質的な意味合いは失われ、丁度江戸の昔まといを振って消火につとめた火消したちが今日も、民間の消防団とも違って江戸の文化の記念として保存されているのと同じようなものだろう。つまり最早肉体の触れ合いのあり得ぬ化石化した技のただの様式というところだろう。

そして私はとうとうある所で三島氏の真剣を振り回しての居合に立ち合わされる羽目になる。今は廃刊となったが「月刊ペン」という変わった編集をする総合雑誌で、結果として最後の対談を三島氏としたのだが、その時、季節はもうすでにうそ寒い秋口だったのに三島氏は自慢の肉体の透いて見えるメッシュのポロシャツを着、手には錦の袋に入れた真剣をたずさえて現れた。

ことの成り行きの前にいうが、三島氏が帰った後私と、編集者というよりは日頃いささか無頼の雰囲気のある町田編集長と思わず顔を見合わせ、町田氏が、

「なんだか三島さん、しきりにデモっていましたなあ」

といったものだった。

あの時の対談は「守るべきものの価値」ということだったが、話を始める前に私が三島氏の手にした真剣について質すと居合の稽古の帰りだという。居合の腕はどれほどかと聞いたらすでに三段ということで、私は信じられずに、

「なら今までにずいぶん指を切ったでしょう」

いったら氏は憤然として、

「失礼なことをいうな、どこにその跡がある」

左の手の親指を突き出してみせた。

「なら技を見せてくださいよ」

次の間を指していったら、

「君はどうせ馬鹿にしているから駄目だ」

私には三島氏が実は私に剣を抜いて見せたくて仕方がないのがよくわかっていたから、

「いやそんなことはない。是非拝見させて下さい」

正座し畳に手をついていったら、「よし」、と頷いて剣を取り立ち上がった。

それから起こったことの印象から、私は翌日三島氏の留守宅に電話して家の使用人に氏が昨日何時頃家を出たかを聞いてみた。時間からして氏は稽古などに行かず家から真っ直ぐその場へやってきたのがわかった。つまり用もないのに氏は真剣を持ち歩いていたということで、わざわざ私に見せるためだった。

店の女中にいいつけて腰に巻く紐をもってこさせ、それに袋から取り出した刀をさすと正座し、呼吸を整えやおら真剣を抜くといろいろ型を披露しながら、一つ一つ何々の型と

注釈をつけ、ある型では畳を強く踏みつけながら、

「これが道場の板の間だといい音がするんだがな」

といった。

二度か三度刀を鞘にしまいはしたが、その動作は指を切る暇がないほど（？）スローヴィデオのようにゆっくりしたものだった。土台、居合や踊りの名手のように腰が割れておらずへっぴり腰で、当人はいい気なものだが見ていて気の毒だった。

私が笑いをこらえて眺めている気配を察したのか、最後に突然大声で型の名を唱えると大上段に振りかざした刀を裂帛の気合いで、敷居の手前に座った私の頭上に向かってふり下ろした。氏としては私の頭上寸前で刀を止めて脅すつもりだったのだろう。しかし間尺を誤った刀は私の頭上の鴨居に音を立てて切りつけ刃が食い込んだ。

「あっ」、と小さく叫んで、真っ直ぐ引けばよかったが焦って捻ったために、ばりんと音を立てて刀の刃が大きく割れてこぼれた。

「しまったな」、と無念そうに歯がみして刀の先を眺めたが、離れて見てもわかるほど、五センチほども長く刃が欠けていた。刀は自慢の業物だそうだが刀にとってもとんだ災難だったろう。

「研ぎに出せば大丈夫ですよ」

慰めるように町田編集長がいうと、唇を嚙みながら頷き、

「研げば十万はするな」

私はなんとなく気の毒になって、

「僕が言い出してすみませんでした」

いったら、憮然としながら、

「この部屋は居合には狭かったな」

私は可笑しくなって、

「それは変だな、居合というのはもともと狭い部屋でやるものでしょうが。これが本当の勝負だったら、あなたが鴨居を切っている間に僕はあなたの腹をかっ割いていましたよ」

いったら顔色が変り、

「君はまたよそへいってこのことを喋るんだろう」

「いやわざわざ話はしませんが、間尺を間違ったら居合も命とりになりますね」

いったら黙ったままだった。

氏が帰った後で町田氏が、

「あれで鴨居にぶつかってよかったですね。あすこでとまらなかったら、下手すりゃあなた大怪我させられていたかもしれませんよ」

いわれて私も件のS氏から三島氏の手首の欠陥について聞かされたことを思い合わせて、ぞっとした。

三島氏の破綻は彼が望んで剣を手にした時から兆していたと思う。竹刀ならばともかく真剣を振り回すようになれば、ライフルを手がけ出した人間が誰でも一度は人間を撃つことを想像すると同じように人を斬ることを想うに違いない。結果として氏はその剣で自分の腹を斬った訳だが、子供じみたその種の願望は思いがけぬ形で成就されることがままある。いずれにせよ氏が手にした剣はさまざまな形で彼を苛み陥れあの破局に追いこんでいったと思われる。

そしてS氏がした忠告を三島氏が守らず、実力にそぐわぬ段位を持ち、それを強く意識するようになることで氏の行動も居住まいもいっそう奇矯なものになっていった。

多分氏は最後には気づいたのだろうが、実は段などというものは氏が貪欲だった栄光とか名声とかに本質関わりありはしない。ある意味で氏は愚直なまでに段などという他愛のない飾りを信じたのかもしれぬ。

しかし世の中には段などといういわば名誉に関するフェティシズムの好きな人間はこと欠かず、またそれにつけ込む輩もいて持ちつ持たれつという節がある。私の体験だが、初めて閣僚を勤めた時突然日本棋院の幹部なる人物が事務所にやってきて私に囲碁三段をくれるといった。なんで私が三段なのですかと聞いたら、これは失礼しましたと帰っていったが、数日して今度は四段を持ってきた。私はまた、なぜに四段なのかと尋ねたら当惑した顔なので、そもそも私は囲碁というものをいっさい知らず碁石の並べ方もしらない、それも確かめずに段位を贈るというのは軽率ではないか、第一私はそれをまったく必要とはしないといったら、「あなたは変わった政治家ですな」、と感心して帰っていった。

三島氏のように高名な作家にその実力に関わりなしに段位を贈ることで、贈る側にはなんらかの社会的効用があるに違いあるまいが、三島氏の場合にはいたいけない子供に危険な花火を与えたようにことは火傷ですまずに大層な罪つくりとなった、ということを贈った側の人間たちははたして知っているのだろうか。三島氏を作家として敬愛していた私は、そうした俗な当て込みをして憚らぬ人間たちを憎んでもあきたりない。

あるいは彼等にすれば、まともな大人なら自分の実力がどんな程度かくらい自分でわかるだろうということかも知れぬが、三島氏の場合にはそれはあり得なかった。となればそれは氏自身の責任かもしれない。

氏が憧れてかそれとも高をくくってか手にした剣は結局氏にとって抜き差しならぬ落とし穴になっていったような気がする。識者は、特に剣の識者は私などが気づく前からはらはらして眺めていたようだ。彼自身剣の道の剛の者だった亡き立原正秋氏はそのエッセイ「寒椿」の中に書いている。立原氏ははるか前から三島氏の割腹自殺を予言していたともいう。

『──あまりに脆弱な武であった。おのれの脆弱さをいちばんよく知っていたのは三島氏自身であった。彼はそれにうち克つために剣をやり、ボディービルをやり、空手をやり楯の会をこしらえていた。そうしたかたちを見世物にしはじめたとき、私は無理につくり上げた武には限度がある、限度がきたとき、彼は自決するだろうと考えたのである。こと剣に関するかぎりこれは自明の理である。（中略）

C社のS氏は三島氏に剣の手ほどきをした人だが、あるときS氏から、雑誌のグラビヤから三島さんとの立ちあいを申し入れられてもやらん方がいいよ、言われたことがあった。（中略）三島氏は、はじめから終りまで、演技に徹した生涯であった。しかし、三島氏はなぜ自宅で割腹しなかったのか。まことの剣を知っていたのなら、法を紊すことはしなかったろうし、ましてや青年を道づれになど出来るはずがない。最後まで演技によって自己顕示をしなければ気のすまぬ人だったのだろう。もし独りで割腹自殺をしていたのなら、三島美学ははじめもよく終りもよかった。（中略）

そこにはその人の恣意的な剣があるだけだった。まさしくそれは鶴田浩二氏のチャンバラ、村田英雄氏の流行歌と次元を一にしていた。そこには、弱者から一瞬にして強者に飛躍した剣があるだけだった。こうした剣はいかなる場合にも陽の当たる場所を歩いていかねばならなかった。（中略）

本多秋五長老が、あの人には本心がない、と剔出したのは明言であった。

また私はここで剣道五段というぃかがわしさを言うつもりはない。これはむしろ与えられた死者よりも与えた生者の方に罪がある。（中略）

この人は前髪の少年剣士にすぎなかった。剣が出来る者は剣については語らない。（中略）

あの人は生前日本の伝統文化をよくくちにしていたが、果たして明治以前の日本の伝統文化とあの人とどれほどの繋がりがあるのか。だいたい和事のわからない人だった。（中略）和事のわからない人に「あはれ」が理解できるはずがない、というのは、私の偏見だろうか』

大層痛烈だが的を射ていると思われる。

私は剣道のように文化伝統に関わりあって他のスポーツにはない精神性の強い競技にたずさわる人間たちの独特の自負自信については知らぬが、しかし三島氏が生前しきりにいっていた葉隠だとか武士道などと氏が剣を振り回して引き起こした事件の見てくれはかなり、というより歴然として異なるような気がする。

第一、三島氏が現代の武士ならば、なぜ同じ武士たちの長たる東部方面総監をその部屋でだまし捕らえて縛り上げ、縄目の屈辱を与えたりするのか。総監はあれから三年後癌をわずらって死ぬが、あの事件の屈辱を忘れずその汚名の濯ぎ方の知れぬまま ろくな療養もしようとせずほとんど憤死したという。そして残された武士たち、自衛隊の幹部はそれを忘れてはいない。ある者は、三島はむしろあの時総監を切り殺してくれていたほうが良かったとさえいっていた。

三島氏とのその時の対談について氏はそれを収録した対談集の後記に、対談というものは後で読み返してみるとどれも大方こんなものしなければ良かったと後悔する代物ばかりだが、私とのその対談は互いに『旧知の仲といふことにもよるが、相手の懐ろに飛び込みながら、匕首《あひくち》をひらめかせて、とことんまでお互ひの本質を露呈したこのやうな対談は、私の体験上もきはめて稀である』と記している。

私は最初それを読んで奇異な感に打たれたが、氏が間もなくああいう死に方をし、それからなおこれだけの年月が流れ、私としてはようやくこんな文章を書くつもりになれた今改めて読み返してみると、三島氏の記したことがなるほどとわかるような気がする。それは丁度絵画におけるpentimentoのように、時間が画面の煤と汚れを払い落とし、その下にある隠して塗りつぶした下絵が浮いて見えてくるのに似ている。

しかし今になってこうやって三島氏について私なりの思い出をまとめて氏のことを書き置こうとし、ならば他人が彼のことをどんな風に思っていたのかいろいろ読み直してみると、みんなそれぞれ遠慮しながらも氏のことをそれなりに冷静に捉え突き放して眺めていたのがよくわかる。ならばなぜにみんなもう少し早くもっと率直に彼に向かってものをいってやらなかったのだろうかと思うが、結局氏のように当時のメディアに全面的かつ無責任にもてはやされていた人間に、いたずらに王様の機嫌を損ねてまで王様は裸だという人間はいなかったということだろう。そして氏自身も自分で気づくまで他人の言葉を信じはしなかったろう。

氏との最後の対談の核は、いわば自分自身の作家としてあるいは社会的な存在としてのレゾンデートルについてであった。

文章としては残っていないが対談の冒頭、何を守るためになら自分は死ねるかという要約を氏の方からしてき、入れ札のように二人がそれを紙に書いて示した。私は自由と書き、氏は三種の神器と記した。それがともに文化ということを表象している限り同じ答えといえようが、それから派生して、互いにとってのもっと本質的なものに触れる話となっていった。

あの対談の意味の深さについて私が今いっても、それは所詮三島氏の後書きのように他人にとってはやや唐突なものにきこえるに違いない。しかし私との過去の対話やその他私が眺めた限りの三島氏の言動と繋げ読み直すと、やはり氏がいったように、氏が一番深いところに抱えている問題について私はかなり傍若無人、というより無意識に触れているといえる。

ここでは部分的な引用しかしまいが、私自身今になって読み直してみると、私も最初の対談の頃よりは経験もつみそれなりの確信のようなものも出来ていてそれがまた三島氏には目障り耳障りなのがよくわかり、私は相変わらず意識せずに三島氏の微妙なコードに触れてしまっている。

三島氏が私のことを贔屓にしてくれたのもその点だったと思うが、私の肉体的な自己中心主義的発想は結局良くも悪くも私自身の存在論の底辺であって、それは肉体について無意識ではすまず極めて意識的ならざるを得なかった三島氏にとっては目障りで無視出来ぬものだったに違いない。

私にとって三島氏との関わりはここで簡単に説明出来ぬほど、というより今さらその気はないが、とても大切なものだったが、私が実は氏の目にどのように映っていたかは私にとって私自身を解く大事な鍵でもある。後でも述べるが氏は私への評価の最大の所以を、私が日本の在来の知的なものを軽蔑する姿勢を初めて文壇に持ち込んだこととしているが、それはなにも私の知的な意識によるものではなく、私の純肉体的な存在論への志向が自然にもたらしたものであって、ある人から見れば無意識の所産ともいえる。

だから三島氏との二度目の対談の折り、氏は私とこれも氏が端的に好きだといっていた林房雄氏を並べていっている。

『僕は林さんというのは非常に好きだけど、石原さんも好きですよ。そういう何かふしぎなところが似てるというんだ。自意識において破滅しない作家というものの典型だよ。（中略）それはこの人たちはどうほうっておいても、どんなにいじめても、自意識の問題で破滅することはない。それは悪口いえば無意識過多ということになるよね。（笑）僕はそういうふうにはいわないよ。（中略）自意識というものがどういうふうに人間をばらばらにし、めちゃくちゃにしちゃうかという問題にぶつかったときに、耐え得る人と耐え得ない人があるんだね』

氏はいい、私はまさにそれを無意識に、しかし感覚的に受けとり、

『三島さんって生れる前から自意識をもった人だから』

などといっている。

しかし結果論だが、三島氏のあの奇体な死に方の最大の要因は何よりも氏の強烈な自意識であることに違いはない。もっとも誰であれ自分で寿命を縮めて死ぬ人間がそんな作業を自意識によらず出来る訳もない。そう思って見れば三島氏の自決は三島氏なりにごく当

然のことということにもなりそうだ。

ついでだがあの対談の中で三島氏がいっている大切なヒントは、自分については否定的な意味合いで、

『でも石原さんの作品を見てわかるのは、結局人間同士の連帯感というものへのあなたの最後の夢があるんだよね』


といい、同じ頃自ら買って出てくれた私の選集の後記に記したと同じように、後年の私の政治参加を予言してくれている。

そして一方では自分自身の後の帰結を暗示するように、

『どんなに唯美的に見えても、その小説が何か作家の行動であって、一種の世界解釈だという考えは抜けないね』


といっていた。

最後の対談での、氏にいわせれば二人の対決は、私の原始的あるいは始源的存在論と氏の観念論の対立、というより平行した認識の違いといえた。

くどくど述べる気もないが、私はもともと一種のニヒリストだから自己の存在が全ての認識の拠点であって、所詮死んでしまえば他の何もない、私の認識の内にのみ全ての宇宙があると思っている。だからまた、決して逆説的にではなしに、それ故素直に死後の存在についても信じることが出来るし、人間の連帯も信じられる。人間はたった独りだからこそ他人の存在の意味もあると思っているが、氏の場合にはいろいろな観念が先にあって、国家とか、文化とか、伝統とかはては天皇とか、結局それらに自分が律せられて在るような節があって、私には端的にしち面倒臭く弱々しいものにしか思えなかった。

かっては私の「星と舵」の解説で、ここにはこの作者のある意味で最も本質的でもっともいいものが出ていると記してくれ、太平洋をレースして渡る小さなヨットの上で茫洋とした海を眺めながら私が海に向かってつぶやく、

『不滅なるがゆえに、お前は在りはしないのだ。お前が、今、ここに正しく在るということ、それを与えているのはこの俺なのだ。今、お前を証しているのは、この俺たちなのだ。

俺たちがいなければ、お前は在りはしない。

この輝かしい水の量感も、この悠遠に射しかける太陽も空も、みんなこの俺たちがいなければ、虚無で無意味でしかないのだ』

という節を取り上げ、シュペルヴィエルの、『僕らが見てゐないとき／海は別の海になる』という詩句を引いて、二つの存在論の対応を説き、『日本浪曼派の衰退ののち、二十年後にあらはれた真にロマン主義的な作品なのだ』、と大層の思い入れをしてくれた時とはだいぶ違って、最後の対談では氏が無上の価値とする三種の神器を自己を超える存在として謳い、それに対する自己放棄をしきりに説いていた。

氏にいわせれば、なんであろうと私のように自己に執着しそれをこそ守る、自己の自由こそが文化の自由と個性の許容の絶対必要条件であるとするのは、その主体として自分がある限り卑しいということだった。

私には氏がしきりに口にする論は、愛国憂国もけっこうだが認識の主体がどこへいってしまったのかわからぬ随分の観念に思われた。そしてそれは氏が話の前に誇示してみせた自慢の肉体への自覚とあい矛盾したものにしか感じられなかった。いや、つまり氏はすでにあの時、その肉体をも捨ててのいわば滅私奉公を暗示していたということか。

なお好意的（?）にいえば、氏は滅私すべき肉体を、過ぎてしまった戦争にはたいそう遅ればせながら獲得したとようやく得心出来ていたのかもしれない。

最後の対談の少し前に、私は氏の芝居「わが友ヒットラー」のために書いている。

『わが友三島由紀夫は、「わが友ヒットラー」のアドルフの如くに、今、変貌しようとしている。少くとも今、三島さんの内には、変貌の苗が植られてある。

アドルフが政治家として強いられた変貌を、彼の良き友を自認していたレームが読めなかったように、三島さんの内にある変貌の苗を、三島さんの文学の多くの愛好者が知らずにいる。

三島さんのこの数年の、作品に限らず、作品の外での政治的言動や、それに繋がる奇矯な行動を、多くの人間たちは、三島さんがすでに彼が美的な世界の中でなし得た成功のクレジットを信用して、安心して受け入れているが故に、彼の内にきざしている重要な変化のきざしに気づこうとしていない。

三島さん自身がその苗をどのように自覚しているかはわからないが、僕にはそれが見えるような気がする。それは何よりも、三島さんが僕にとって「わが友三島由紀夫」であるが故にである。

この変貌の苗は、三島さんにとって、二度目のものだと僕は思う。最初のそれは、三島さんが極めてひ弱な自らの肉体に、強く複雑なコンプレックスを持ちながら作品を書き出し、それで獲ち得た名声によってそれらのコンプレックスを捨て、三島由紀夫としての自分を社会に登録し終った時にあった。男色に象徴される三島さんの伝説はそこで終り、やがてはボディービルディングを志す三島由紀夫が初めて始った。

以後文名とともに培われて来た三島さんの、やや相対性を欠いた、やや絶対的な肉体的セルフリスペクトは、彼に新しい知覚を与え、その新しい知覚で、三島さんは新しい主題を得た。

それは、小説をかかなくてもすむ、文学以外の世界でも通る肉体を持った一人前以上の男としての知覚であり、その一人の男が自らのために見出した主題は、国家であり、民族であり、政治である。

批評家は、三島さんにとってのこの新しき主題を、当惑しながらも、無理に、三島さんの美意識に結びつける。確かに、現在の三島由紀夫は、一九三四年のアドルフの如くに、未だ、以前の殻を尻にくっつけてはいる。しかし、逆手をとっていえば、ボディービルをやらず剣道をしなかったら、三島由紀夫は、ヒットラーを主題にした戯曲も書かず、政治や国家を語らなかったろう。自衛隊にも入隊しなかったろうし、あの玩具の兵隊さんみたいなユニフォームも着なかったろう。

三島さんの変貌は、昔、三島さんが太宰の文学の問題は、朝、ラジオ体操をしたら解決してしまう、といった有名な言葉の自家版的証明に他ならない。それが、単に文学的な変貌でないだけに、この変化は三島由紀夫という一人の人間にとっても、生涯的なものになるかも知れない。

一九六〇年代の後半、「わが友三島由紀夫」は変貌しつつある。

今までの三島文学ファンの延長で、三島由紀夫に熱を上げている読者たちは、その内に、レームやシュトラッサーたちのように寝首をかかれるだろう。それは、三島さんが今までお尻にくっつけている、かつての三島由紀夫の殻を捨て切った時だろう。私はクルップのようにそれを今言っておく』

最後の対談は、私のこうした三島観の延長の上に持たれた訳である。

三島 文学というものは絶対的に卑怯なもので、文学だけやっていればセルフ・サクリファイスというものはないんですよ。人をサクリファイスすることはできても。

石原 ぼくもそう思う。(中略)男とは(中略)やはり自己犠牲だと思う。(中略)いま三島由紀夫における大きな分岐点は、非常に先天的と思ったもの、肉体というものが後天的に開発できるということを悟ってしまったこと。

三島 そうなんだ。それはたいへんな発見だ。

石原 三島さんはやはり男としての自覚を持ったと思うんだ。それは、三島由紀夫が三島由紀夫になるよりあとに持ったんだな。それで非常に大きな変化が三島さんにきて……。

三島 困っちゃったんだ。（笑）

石原 さっきも居合抜きを見せてくれたけど。（笑）筋肉がくっついて三島さん、ほんとに困ったと思う。

三島 困っちゃったんだよ。

石原 いまさら女々しくなれないでしょう。

三島 いまさらなれない。そうかといって文学は毎日々々おれに取りついて女々しさを要求しているわけだ。（中略）おれの結論としては、文学が要求する女々しさは取っておいて、そのほか自分が逃げたくても逃げられないところの緊張を生活の糧にしていくよりほかなくなっちゃったね。もし運動家になり、政治運動だけの人間になれば、解決は一応つくんだけれども。

石原 「楯の会」では、まだクーデターはできない。そこに悩みがある。（中略）しかしほんとにぼくは思うな。三島さんのテンペラメントというのは、最初から肉体を持っていたら……。（笑）

三島 別のほうに行ってたんだよ。

石原 行っていたね。

三島　だけど、いまさらどっちもね。困っちゃったんだ。
（中略）
石原　しかし、その筋肉の行き場所がないというのは困りますね。
三島　困りますね、ほんとに。小説を書くのにこんなもの全然要らないんですからね。困っちゃうね

今思えば私はからかったつもりでも三島氏にはアジかおもねりにしか響かなかったのかもしれない。

また他の部分で、

石原　やはり三島さんのなかに三島さん以外の人がいるんですね。
三島　そうです、もちろんですよ。
石原　ぼくにはそれがいないんだ。
三島　あなたのほうが自我意識が強いんですよ。（笑）

ともいっている。

私の一種のエゴティズムとしての存在論を踏まえて、氏にとって日本における文化の絶対の象徴としての天皇もまた私自身の内にしかないという論を氏は極めて西洋的といって非難し、私は天皇制が日本の文化の極めて収斂された象徴であることは認めても、たとえ政治形態が変り共和制となったとしても日本の文化は本質変りはないはずといって対立した。つまりその先に或いはその以前に風土があるということである。

ここであらためての日本文化論を展開するつもりはないが、三島氏にとって日本がいったい何であったのか、氏は日本の何に愛着していたのか実は今になればなるほどわかりはしない。そして氏にとって天皇がいったい何であったのかも。

日本の文化の中での天皇の意味については、いかなる史観をも離れて純文明史的に、エジプトのファラオ以来この日本にのみプリースト・キングが存在するということの意味あいを民族の歴史に反映して思えば容易なことだろうが、それが三島氏にとってなぜにあれほどの生死をかけたオブセッションとなったのかはわかるようでわからない。

共産党の候補者までが正月の行事に町の若い衆たちをかたらってお伊勢参りをするというような時代に、天皇の絶対化を唱え、天皇が象徴する文化の防衛を唱えてそのためのクーデタを計った（?）のは、よしそれが成功したとしても天皇ご自身にとっては迷惑千万のことだったに違いない。

二・二六の首謀者たちが今になって「すめろぎはなどて人間になりませる」と嘆いたところで、やった当人たちはいかようの理念に駆られ、当時の世の中にも改修の必要な現実が確かに存在していたろうと、政治の劇は所詮人間たちのものでしかなく、その渦中に同じ皇族擁立による皇位の簒奪の恐れがあれば、天皇としても人間としての怒りも危惧もあろうし、それを逆さに恨んで自らへの処刑を不条理とする青年将校の思い違いは所詮若さ故の未熟でしかない。歴史とはそうした恨みつらみを堆積させながら成熟していくものだろう。

いつだったかある人の紹介で二・二六に荷担して懲役となった元東大生の今は政商となりおおせたある人物に興味本位で会ったことがあるが、政界では有名なYというその男が鎌倉の名刹の境内の茶室でもてなしてくれた時、たまたま話題が三島氏の自決におよんだら、にべもなく、

「世の中で一番くだらぬものは観念だよ」

といって捨てたのがなかなか印象的だった。いろいろ噂の多い生臭い人物だけに、その言葉には無慈悲だが頷けるものがあった。

あの市ヶ谷台での大勢しての大騒ぎの骨子なるものはそも何であったのか。

氏は私との対談でもしきりに、この世の中は退屈千万だといっていたが、退屈と危機感とは異なるものであって、死ぬほど退屈とはいうが、誰も退屈のために死んだりしはしな

い。危機々々とはいうが、すでに高度成長の最中で左翼はすでに抵抗をあきらめ、代わりにこれも無策の全共闘などが一種の精神生理現象としてしかいわれのない騒ぎを起こしてはいても、それが国家の転覆に繋がるという危機感を本気で抱いていた人間がいただろうか。

三島氏のあの兵隊ごっこは氏自身の内なる他のなんらかの願望の代行でしかなかったと思う。そしてその願望とは、氏の肉体に関する錯覚と虚妄がなければ兆さなかったろう。氏との最後の対談で氏は自ら言い出して、宿命ということについてしきりにいっている。

三島　(中略)自分の宿命を認めること、人間にとって、それしか自由の道はないというのがぼくの考えだ。

石原　(中略)ギリシャの悲劇の宿命というものからのがれようとしている、それも闘おうとする、あれは何ですか。

三島　ヒュブリスというんだ。ごうまんというんだ。神が必ずそれを罰するのが悲劇なんだ。

石原　そうですよ。しかしそこにはやはり自由があるでしょう。

三島　(中略)結局、最後には、人間というものは人間をはみ出して、何かそれ以上のものになろうという。その意志のなかに何か不遜なものがあるんだ。それがずうっと尾を引いて直接民主主義までいってしまっているんだ。それを滅ぼさなくちゃいけない。

石原 それはおそろしい発言だと思うな。神ならそういえるけど。ぼくはやはりそういう意味では三島さんより自由というものを広義で考えるなあ。(中略)自分の宿命というものに反逆しようとすることだって、それは先天、後天の対立かもしれないけれども、しかし宿命というものを忌避しようとすることは、その人間にとって自由でしょう。

三島 しかし宿命を忌避する人間は、またその忌避すること自体が運命だろう。そういう人間はそういうふうに生まれついちゃったんだ、反逆者として

この対話の中だけにも三島氏の分裂があるような気がする。

氏の最後の芝居「朱雀家の滅亡」の中で、終戦の間際とその後の荒廃の中で主人公の元侍従はお上の言葉として「なにもするな。なにもせずにおれ」、と取り次ぎ一族の滅亡を是認している。この芝居は支離滅裂で最後の幕はいったい何なのかさっぱりわからないが、その滅裂さの中で滅びよというのが三島氏の最後に到達した美学の極ならば、その後の氏の仰々しい自殺も辻褄の合わなさ故にあの芝居とよく似ている。

氏のいった意味での、氏にとっての宿命というのはいったい何だったのか。対談のすぐ

後自ら死ぬのだから、遠い以前の放談とは違ってなんらかの連脈はあるに違いない。

氏はいうとおり自らの宿命なるものに抵抗せずに、お上の言葉のごとく何もせずに、結局あの事件を起こしたのか。

探偵小説の謎解きじみるが、謎というより分裂なり矛盾ということで眺めれば、死はまぎれもなく死であって、その形がいかよう意外なものだろうと、他の全てのもの、死の前から死にむかっての続きだけではなく死んだ後のことまで飲みこみ繋げてしまう。一歩すすめて、分裂と矛盾ということで眺めても、死は往々寛容にも大方の亀裂に蓋をし合わぬ辻褄まで合わせてしまう。意外で仰々しい死に方は下手をすると分裂矛盾そのものをまで絶対化してしまいかねまい。


さてそろそろここらで、三島氏におけるもっとも深部の虚構、氏の死にまで繋がっていった氏における肉体の栄光と陶酔の虚構について解き明さなくてはなるまい。そのための難解そうで実は簡単、仰々しくも拙劣な氏の聖典を読み直せば自明のことだ。氏がいかに天才的なレトリシァンだろうと、白を黒、豚を烏とはいいくるめられるものではない。嘘は嘘でしかなく、自分についてついた嘘をばらす鍵を実は自分がすでにあちこちでにぎやかに撒き散らしていたのだから。

「太陽と鉄」なる作品(?)についてドナルド・キーン氏は、

『正直いうと、「太陽と鉄」という作品、ぼくはわからないのです。三島さんが、いつだったか手紙をくれました。自分のことを知りたいと思ったら、ぜひ「太陽と鉄」を読んでくれという内容でした。手紙を書いたとき、三島さんはおそらくそう信じていたのでしょうが、ぼくには「太陽と鉄」がわからないし、別の意味ではあの作品は大嫌いです。あれがはたして、ほんとうの三島さんだったんでしょうか。もちろん、部分的には理解できるところもないではありません。だが、全体としては、なんともいえない不愉快な作品なんです』

といっている。本当の読み巧者だったらたぶんみな同じだろう。キーン氏のいう不愉快さのいわれは、この自己解明の嘘と押しつけがましさの故にだろう。キーン氏は文中のお御輿を担ぐくだりの、三島氏が見たという「異様な青空」を嘘だといいきる。

『お御輿を担ぎながら、空を見て詩的直観を持つような余裕はなかった筈だと思います。ほんとうに青空だったかどうかさえわからないんです。自分の頭の中で、どうしても青空でなければならなかったのではないか』

しかしそれは作家としての詩的特権ではないかと聞かれてもなお、
『まあ、そうでしょう。しかしこともあろうに創造力を否定する論文の中にそれを書く、しかもそういう記述が多すぎるというのはどうでしょうかね』
と。

土台この論文（?）そのものが、こともあろうに、人もあろうにというしろものであって、小説ならば許されもしようブッキッシュとしかいいようない設定が論文、それも自己表明、自己解明というふれこみで、キーン氏への手紙のようにこれこそ自分を解く鍵の中の鍵だという作者自身のご託宣なのだから恐れいる。

天性として、というよりむしろ天才的に肉体と関わり薄かった三島氏が、その獲得を願うのは自由だし人間的でもあろうが、肉体とは違う位相での自らの才能ゆえにそれが可能なのだと強引に信じ、なによりボディービルという安易な方法が氏に肉体の虚妄を与えてしまった限りで、肉体に魅せられた時、「癩王のテラス」の若き王のようにすでに自らの内に癩を宿したといえるだろう。それは免疫をまったく持たぬ人間が黴菌を口にしてしまったのと同じようなものだ。

三島氏における肉体の問題、とくに氏がその獲得のための習練だのそこで得られた極意などについて口走ると私はいつも、以前大岡昇平氏に聞かされたことのある三島氏のある挿話を思い出してしまうのだった。

「彼がね、下田のホテルのプールでボーイにクロールを習っていたんだそうだ。三島なりに一生懸命泳いでいるんだが、全然駄目なんだって。みんなが面白がって眺めているとボーイの方が恐縮しちまって、しきりに、先生、こうでございます、先生、もうちょっとこんな風にって走りながら汗ながしてたそうだ」

皮肉屋の大岡氏がそれで何をいわんとしていたかはよくわかる。世間はそんな格好で保たれてもいるが、それを自分に関する戯画ととらえず本気に錯覚するとその報いは誰でもない自分自身に返ってくる。馬鹿正直、馬鹿真面目というのも一種の誠意かもしれないが、それがそのまままかり通り自分も傷つかずにすむほど世間は甘くはない。

文武両道というのはいうに易いがそんなに簡単なものではないだろう。自分ならばそれが出来る、自分にこそその資格があると氏が思うにいたった訳は、氏には結局自分の肉体を相対化することが出来ず、ただただ自分の体ばかりをしか眺めていなかったせいである。

氏がしきりに書き行いもした肉体のための習練なるものを眺めなおすと、その反復の実りのなさ、それはそれで尊くもあるのだが、そこで得られているものの絶対値を計りそこねるとただの滑稽にしかならず、その虚しさは丁度氏の芝居の秀作の一つ「綾の鼓」で破れた鼓を打ちつづけるあの老人に酷似してくる。

「太陽と鉄」を読むと三島氏が初めから想定している論の展開のために強弁に近い説明や認識を披露しているのがよくわかる。キーン氏が嘘だといったお御輿担ぎの最中の青空への認識にしても、まず御輿担ぎという行為そのものへの思い込みの解釈が先にある。氏がはたしてあの中で自己放棄するまでの陶酔を経験したのかどうかも疑わしい。

キーン氏がいっているように、

『三島さんは非常に自己意識の強かった人です。だからその瞬間考えていたことは、おれは有名な作家だが、いまこうやって若者たちといっしょに御輿をかついでいる。人々はみんな見ているんじゃないか。どうだ、見ろ。といったふうなことをです』

だったのではなかろうか。

三島氏は御輿担ぎを氏がやがて獲得達成していく肉体とその行為の原点のように記しているが、御輿担ぎははたして行為でありうるのか。家で寝転がってテレビを眺めているよりは肉体的負担は多かろうが、世の中に御輿担ぎのマニアがいるのはあの行為が行為の範疇を容易に外れて一種のセミ・トランス状態に陥っていくからで、祭りで有名なバリ島のケチャの最中の集団による物憑きに似て、集団への同化によって担っている御輿の重量を忘れさり、その興奮の中で、丁度柔道の締め技にかかって落とされる寸前の放心と同じように、自らの意識による肉体の制御の余地はなくなっている。そうでなければあんな単調な動作を一日中していられる訳がない。

氏は御輿担ぎの最中に仰いだ青空が平凡な巷の若者の目にしたものとまったく同じであり、しかも詩的直感はその内に「悲劇的なもの」の本質を見たといい、その悲劇的なるものの要因は一定の肉体的な力の上の平均的感性による、と導いていく。これは結局文中最後のあの集団自殺の必然性への宣言とも思われる部分のための伏線らしいが、読んでいて飛躍に近い強引な繋げ方で説得性もない。

どうやら御輿担ぎを契機に氏は『存在と行為の感覚がわかつてきた』という。しかし御輿担ぎには肉体的興奮はあろうが、あれが行為とはとてもいいがたい。行為という言葉の意味も曖昧で範囲も広かろうが、少なくとも肉体の存在感に繋がる行為とは、散歩するとか満員電車でもまれるとかいうものではなしに、ある他者との関わりで自覚される自己の肉体的存在の姿で、それはある意味で完全に無意識の内でのある完成された行動の後の覚醒をともなうことが必要条件といえる。

そして氏は、『もし私の幼時の肉体が、まづ言葉に蝕まれた観念的な形姿で現はれたのであれば、今はこれを逆用して、一個の観念の及ぶところを、精神から肉体に及ぼし、肉体すべてをその観念の金属でできた鎧にしてしまふことができるのではないかと考へたのだ』、といっている。

氏のいう観念とは結局氏の美意識ということだろうが、これもまた伏線の一つであって、氏がやったことはまさにそれだったろうが、鎧を着込んだ肉体は重すぎてろくに動けない。結局まとうた鎧のお陰で氏の肉体はよく動きはしなかった。

氏の肉体への発想の限界はこの言葉に暗示されていて、どうやら氏の肉体とは筋肉の同義語でしかないようだ。あちこちに筋肉という言葉は出てくるが、肝心の肉体が肉体としての価値を持ち得るための絶対必要条件である肉体の機能についてはどこにも記されていない。

そして文中で記述はいきなりその向こうに死をとらえる竹刀の一撃、拳の一閃に飛躍してしまう。氏が肉体に関していう受苦とはどうやらその極意の一閃に簡単に繋がるもののようだが、実はその途上にこそそれを獲得し切れぬ苦悩、焦燥、煩悶があり挫折があるというのが大方の人間にとっての肉体の公理であるということにはさっぱり触れていない。つまり、あの文章が所詮肉体についての観念を語ったものでしかない証左といえる。

読んでいてきらびやかに難解な言葉の羅列でなにやら格好はいいが、しかし肉体の獲得の過程というのはそうそう格好のいいものではないということを、よろず一流の選手ならよく知っているし、他の真摯な無名選手たちもまた知っている筈だ。三島氏の肉体の極意についての講釈はそこのところをすっとばしてしまっていて、氏以外の余人を寄せつけない。

それでもこんないい加減でしたり顔の文章がまかり通るのは、渋沢龍彦氏が「太陽と鉄」について書いていたように、『作家の現実の体験によって隅々まで裏打ちされた、一種のイニシエイションの書という形をとっているのだから、体験を欠いた私たち、体験しようという意欲を欠いた私たちが、これに近づくことは容易に出来ないはずなのである』ということなのだろうが、しかしなお渋沢氏の過ちは、この文章が決して三島氏の現実の体験によって隅々まで裏打ちなどされてはいないということだ。それこそ渋沢氏が同種の体験や意欲を欠くためそれに気づいていない。

渋沢氏のようにこの種の体験や意欲を欠いた大方の人間たちを、内容は実はごく限られてはいてもいろいろきらびやかな体験をふりかざしながら言葉でいいくるめ、自分の嘘をまかり通らせるのは三島氏にとっては至極簡単なことだったろう。肉体を持とうとせぬ人間たちを三島氏が一方的に女々しいと非難し蔑めば、ひそかに肉体を願ってはいてもいろいろ人生の都合でそうもいかぬ大方の男たちはぎくりとし、あるいは三島氏を羨むかもしれぬが、肉体に関するもっともエッセンシャルな資格を欠き、それ故に最も大切な体験を欠いている三島氏に他人を軽蔑するいわれも資格もありはしない。

ゴルフやその他スポーツの技術解説書が熱読されるのは誰もがその途上の受苦でのたうっているからであって、実力一級で五段をもらいそれを疑いもしない人間に人の苦労はわかるまい。一般の人間たちの苦労を知らぬ者の書いた肉体なり技なりの書がさっぱり不得要領なのは当たり前の話で、資格もない人間の極意の書を有り難がるのは感性も肉体もない手合いの批評家ぐらいだろう。

ある時から、『造形美と無言だけが肉体の特質ではなく、肉体にもそれ特有の饒舌があるにちがひない』（「太陽と鉄」）と思い出したともいっているが、肉体の言葉というのは実はよくわかるようでわからない。ボディービルダーのような動かない肉体は喋る以外にないだろうが、機能する肉体はそれ故に喋る暇などありはしない。見事に機能する肉体は無言で感応するのであって、それは三島氏の絢爛（？）とした独り言とは全く違う。そうした肉体の所有者とその肉体との間に会話などありはしなく、あくまで無意識の内にある瞬間、瞬間に完結された行為におのが肉体の調教者、所有者である本人は、その直後直後に意識で追いつき、密かなる融和の内にさらに密かに満足するだけでしかない。

氏に対して太陽がある時、氏の志向を堅固に安住さすべく持てと命じた新しい住居とは、『よく日に灼け、光沢を放つた皮膚であり、敏感に隆起する力強い筋肉であつた』そうだが、まさにこの志向が氏の持つべき肉体をすでに規制している。肉体の能力は隆起する筋肉だけではとても保証されはしない。機能の能力を持たぬ肉体なぞただのマヌカンでしかない。

ある部分で氏は正直に自分の肉体に対する志向を披瀝してもいる。『私がそもそも「表面」の深みに惹かれたそのときから——』とか、『ある日卒然と、自分も筋肉を豊富に持たうと考へた』、とも。

しかしその限りの肉体は当然皮相な宿命を意識せずにはいられない。それは肉体の老いという自然の公理であるが。

『さうして作られた筋肉は、存在であることと作品であることを兼ね、逆説的にも、一種の抽象性をすら帯びてゐた。ただ一つの宿命的な欠陥は、それが生命に密着しすぎてゐるために、やがて生命の衰退と共に衰へ、滅びなければならぬといふことであつた』

と氏はいう。

そしてそのためのオブセッションで、氏は五十歳になった自分を見たくないと口走るようになる。それはかって早熟な少年の故に抱いた夭折への予感と重なって二重の衝動になった、というのは精神分析家たちのいうことだろうが、もう一つ老衰への恐れのために氏が自らの命を断ったとするなら、その最大の要因は氏の肉体に機能が伴わなかったということ、というより氏が獲得すべき肉体に機能の付与を忘れていたせいともいえる。

しかしまた別のところでは氏は肉体の機能の極意についてとくとくと述べているのだから、氏がそれを念願しなかったということもなさそうだ。いや、自分はそれを獲得したように記しているが、もしそれが本当なら氏は若くして死ぬ必要などありはしなかったし、死ぬ気にもならなかったろう。早い話、なべて世の名人がなんで自殺することがあるだろう。

それは人間の肉体に関する絶対の公理であって、肉体の極意、技の極意を極めた者は老いを恐れはしない。それは肉体についての悟り、老いることへの怖れからの解脱であって、そこで培われた精神が老いに対して肉体を支えて守るからである。

「太陽と鉄」の中の林檎の比喩で氏は、林檎の芯の実在を明かすためにその存在を保証している周りの蒼白な果肉の闇をナイフで切りつけ、

『血が流され、存在が破壊され、その破壊される感覚によつて、はじめて全的に存在が保障され、見ることと存在することとの背理の間隙が充たされるだらう。……それは死だ』

『筋肉に賭けられた私の自意識は、あたかも林檎の盲目の芯のやうに、ただ存在を保障するものが自分のまはりにひしめいてゐる蒼白な果肉の闇であることだけには満足

せず、いはれない焦躁にかられて、いづれ存在を破壊せずにはおかぬほどに、存在の確証に飢ゑてゐたのである』

『林檎の芯は、見るために存在を犠牲に供した』

とある。

つまりこれが「楯の会」をかたらっての死のう死のう願望の美学的解析ということか。

氏がよく機能する完全な肉体を獲得していたなら、つまり書いてはいるように本当に何かの技の極意を体得した名人だったなら、本当に居合の三段であり剣道の五段であったなら、林檎を断ち割らなくとも芯の実在は感得していた筈である。

自分で自分を断ち割り、死ぬまでして肉体の存在を自分に向けて実証しなくてはならないのは、自分自身でその肉体が実はうさんくさいと感じているからで、あるいは自分を破壊してみせることでしか肉体に関する御託の辻褄が合わなくなってしまったのかもしれない。

かち得たものを失いたくなさに、あるいはそれをもっと確かめたくて死んでしまうというのはいわば肉体の成金のオブセッションで、それをナルシズムというのかも知れぬが人生のルールを勝手に外れた滑稽としかいいようがない。

くりかえしていうが極意を会得した名人は死ぬ必要もない。肉体の宿命的欠陥の老衰もまたすでに培われた精神で支えられようし、第一、自らが獲得したものなど不滅でも永遠でもないということを知ることが極意の要件でもある。自分もまたいつかは倒される、いつかはしのがれるという自覚のない最高位などありはしまい。

だから会得された極意の彼方にあるものは三島氏がしきりにいうように死などではなく、ただ虚無でしかない。その虚無と対峙しつきあっていくことこそが人生であって、それだからこそ身心の蘇生もあり得る。その悟りこそが極意の芯にあるものであり、それで初めて意識や精神に関わりなかった肉体の技、もろもろのスポーツなる方法の、人間の内側に対する帰結があるのである。


「おれはミスター腹筋というのだ」、などという氏の豪語は、俺のアプローチショットは無類だとか、俺は百米を十一秒台で走れるなどという自負にもはるかに及ぶまい。「太陽と鉄」という氏自身が自分の理解のための最大の鍵と自薦したうろんな文章の虚構をいちいち検証していく気もないが、一番大事なことは三島氏が自らの肉体の預金高について詐称し、それを担保に世間からあまりに多くのものを借り入れてしまい、しまいに首が回らなくなったということだ。ここまでくると氏のスパーリングを眺めながら言葉が出ずに、ただ、「えらいもんだ、えらいもんだ」、といっていた石橋選手の慨嘆ではすまなくなる。「太陽と鉄」とはよくもつけた題で、その内容と氏の肉体の関係は実は、「月と合金」としかいいようない。

『力の純粋感覚の言ひ換へが、拳の一閃や、竹刀の一撃へ向ふのは当然だつた。拳の一閃の先、竹刀の一撃の先に存在するものこそ、筋肉から放たれる不可見の光りのもつともあらたかな確証だつたからだ。それは肉体の感覚器官の及ぶ紙一重先にある、「究極感覚」ともいふべきものへの探究の試みであつた』

これが三島氏のいうスポーツにおけるタッチあるいはフィーリングの説明だが、たとえば、「足の送りとインパクトの瞬間の打ち込みがうまく重なるとフォロースルーもスムーズに伸びて、ボールは思った以上に簡単に遠くまで飛ぶ。なんとかその一瞬を把握するようにつとめなくてはならない」

などという解説を三島流に書き直すとあのようになる訳だろう。

要は書いている当人にはたしてそれが出来ているのかという問題であって、他人がそれを読んで技を進めたいというなら、私流に書いたほうが素人には読みやすいしやってみたくもなるだろうに。

究極感覚とはよくいったものだが、はたして三島氏はそんなものを、獲得までいかずとも一度でも味わったことがあるのだろうか。

『拳の一閃、竹刀の一打の彼方にひそんでゐるものが、言語表現と対極にあることは、それこそは何かきはめて具体的なもののエッセンス、実在の精髄と感じられることからもわかつた。それはいかなる意味でも影ではなかつた。拳の彼方、竹刀の剣尖の彼方には、絶対に抽象化を拒否するところの、(ましてや抽象化による具体表現を全的に拒否するところの)、あらたかな実在がぬつと頭をもたげてゐた』

これはそも一体どういう意味、どういうことなのか。いかなる技の名人も自分の技についてこんな注釈をしはしまい。こんな文章こそ技の極意に拒否されているいたずらな「抽象化による具体的表現」とでもいうべきものではないか。

こんなものは言い換えてみれば、なんであれ技の極意というものは研ぎ澄まされた反射神経による反射のすぐ向こうに、言葉なぞではとてもいえぬがただ、あっと感じてその瞬間に体に収われるきわどい実感でしかない、ということではないか。

三島氏は、(本当に切れる技としての)拳の一閃、竹刀の一撃の彼方にある実在こそ死を負うた敵であるなどというが、機能を伴った本物の肉体を獲得するために反復される受苦の練習にいちいち敵の姿など現れる訳もない。むしろきりのない平板な練習の中でこそ突然天の啓示のようにそれは自覚され獲得されるのであって、そこにこそスポーツという意識を締め出さなくては埋没出来ない方法の、その瞬間にのみ意識に向かって回帰することで体得される深い意味合いがある。

技量の進歩というのはそうした体験の堆積によるしかなく、それはある瞬間まるで良き通り魔のようにやってきて選手の魂を奪いある恍惚を植えつけていく。

私自身も経験があるが、サッカーを始めた頃宙空から落ちてくるボールを足で地面に捕えるトラッピングがなかなかままならなかった。ある日の練習の前、先に一人で出てグラウンドに降りる階段にボールを蹴ってぶつけまた蹴りつけるなんとはない練習をしている最中、跳ねて高く上がったボールをトラップした瞬間いつもに似ずに簡単にそれが出来てしまった。

それはなんともいえぬ奇体な一瞬であって、高く上がってまた落ちてくるボールの落下角度と速度、それに向かって駆け寄る私の速度、ボールを見詰めている視線の角度、ボールに足を構えるタイミング、それらがあきらかに、失敗しているいつもとはまったく違ったバランスで無意識に整えられボールは嘘のように簡単に私の足元に止まっていた。その瞬間の動作のメカニズムについての会得はただ会得としてしか納得されないが、その瞬間私には自分が今ある段を超えてあるものを獲得したということだけはわかった。そしてそれ以上に自分に向かって何をどう説明することも出来なかったし、その必要もなかった。そして私が感じたように、その技はそれから一生私の体の内に収われて離れなかった。

こう書けば書くほど他人には関わりのないことに感じられるだろうが、ことの本質がそうなのであって、しかし私自身にとってはある決定的な瞬間だった。そして次の瞬間、憑きものが落ちたように私はそこに立っている自分を見出していた。

氏はあるところで技における完璧な行為の瞬間は、『グローヴにしろ竹刀にしろ、その打撃の瞬間は、敵の肉体に対する直接の攻撃といふよりも、正確な打撃であればあるほど、カウンター・ブロウのやうに感じられることは、多くの人の体験するところであらう。自分の打撃、自分の力によつて、空間に一つの凹みが生ずる。そのとき敵の肉体が、正確にその空間の凹みを充たし、正にその凹みそつくりの形態をとるときに、打撃は成功したのだ』などと聞いたようなことを記しているが、それはまさにただ聞いたことであって、氏自身がそれを味わったことが果たしてあったのだろうか。

第一、この会得は試合の時に獲得するのでは遅すぎるのであって、敵などいない孤独な練習の反復によってしか出来はしない。カウンターブロウのタッチについては、敵がいると思うな、無心にくり出すパンチにしか敵は当たらない、カウンターは狙って当たるものではない、というのが拳闘や他の格闘技で口酸くいわれるところなのだ。つまり敵に対する意識を捨てなくては敵は捕らえられないという逆説的な極意である。三島氏のような意識家に無意識の極意を説く資格や、無意識の機能があったとはとてものこと思えない。

野球にせよ拳闘にせよ、氏が敵という実在の象徴として黒い牛を上げる闘牛にせよ、飛んでくるボール、相手のくり出すパンチ、突っ込んでくる牛を敵ととらえてバットを振ったりグラブを交わしたりケープをさばく選手などいはしない。無私、無意識にならなければ時速百五十キロのボールは止まっては見えぬし、どこからくり出されるかわからぬ相手のパンチはかわせない。

敵を意識すればそれだけこちらが劣って破れるというのは試合における心得であって、技の一つ一つの閃きの彼方にその度敵を見、死を見るなどというのは観念か情念で描きなおした行為でしかない。

この夏、私は久し振りにアラスカで仲間と一緒に熊を撃ち、その後赤道に近い絶海の大環礁へレンで三百キロのモロコを一番銛でしとめた。その前には、つきまとう四米ほどの鮫を追い払うためにポップガンで撃った。どれもしくじればこちらの命にかかわる相手で、一種の敵ともいえるが、それらの標的に出来る限り近づいて引き金を引く時、相手の顔なぞ見えたら出来るものではない。その瞬間の集中は熊とかモロコとか鮫などという姿の中に自分が狙った一点だけをみとどけているだけで、相手の存在もこちらの存在も消去されてしまっている。下手をすると自分は死ぬかもしれぬと思ったり感じたりしたら銛も鉄砲も当たりはしないし、結果は死ということにもなりかねない。

それをはたで眺めている人間には手に汗にぎるスリルでそれなりに興奮もあろうが、行為の当事者は自分自身の意識からも外れたところにいる。「勝者にはなにもやるな」というヘミングウェイの至言は真の行為者のそのエクスタシーを明かしているのだ。

敬愛した先輩には気の毒だが、三島氏は肉体について望外のものを望みすぎたために、ノーマン・メイラーが何かに書いていた観念的すぎて絶頂感にいたれぬユダヤ人の少女のように、ついに行為におけるコイトス、氏のいうところの「究極感覚」を味わえなかった不感症のそれもニンフォマニアでしかなかった。

行為の技術が、『修練の反復によって無意識界を染めなしたあとでなくては、何ら効力を発揮しないといふこと』は氏も認めているようだが、氏自身だけは異なったアプローチをすると宣言している。

『すなはち一方では、肉体＝力＝行動の線上に、私の意識の純粋実験の意欲が賭けられてをり、一方では、染めなされた無意識の反射作用によって肉体が最高度の技倆を発揮する瞬間に、私の肉体の純粋実験の情熱が賭けられてをり、この相反する二つの賭の合致する一点、つまり意識の絶対値と肉体の絶対値とがぴつたりとつながり合ふ接合点のみが、私にとつて真に魅惑的なものだつたからである』

これはそもどういうことなのか。

その注釈らしく、

『意識が明晰なままで究極まで追究され、どこの知られざる一点で、それが無意識の力に転化するかといふことにしか、私の興味はなかつた。それなら、意識を最後までつなぎとめる確実な証人として、苦痛以上のものがあるだらうか』

なんだろうとこんな無理難題はありはしまい。要するに、無意識の内にしか完結し得ない最高の技を三島氏は意識の内でとらえ行いたいということだ。それはないものねだりというか、もはや分裂としかいいようがない。その分裂の接着剤に苦痛などというものを持ち込んでも、苦痛と意識は互いに証人にはなり得ても、肝心の行為の方はどこへいくというのだろうか。選手と観客の両方を自分一人で勤めるつもりということか。

氏のいう意識の絶対値と肉体の絶対値とがぴったりつながりあう接合点など技の世界にある訳がない。完璧な行為とは意識を遮断したところにしか成立し得ない。そこにこそ行為の無償性がある。行為のカタルシスは無償性の故にこそある。だからこそまた人間はスポーツを含めて真の行為によって蘇生するのであって、絶対値か何かは知らぬが、意識を持ち込んだ技が完璧化する訳もない。高揚した果てに肉体と意識が絶対的に接合するというのは、あるとすれば自殺しかありはしまい。

三島氏が自殺するつもりでこれを書いたのか、これを書いたために自殺するようになったのかは知らぬが、こんな言い分は肉体や行為に関する一般論としてはとても通用するものではない。

この文章で自分を解いてくれということらしいが、それは遺書のつもりでいったのだろうか。遺書とすればいかにも仰々しい代物で、自分はイカロスのように所詮人間の手には届かぬものを追って死ぬのだということなのか。

そんなことのためにこんな文章につきあわされてはかなわぬ話だが、このいかにも仰々しい自己解析は、わざわざの自殺宣言としてもいいような節があちこちにある。

『シニシズムは必ず、薄弱な筋肉か過剰な脂肪に関係があり、英雄主義と強大なニヒリズムは、鍛へられた筋肉と関係があるのだ。なぜなら英雄主義とは、畢竟するに、肉体の原理であり、又、肉体の強壮と死の破壊とのコントラストに帰するからであつた』

とか、肉体を表象する、花と散る「武」と、意識を表象する、不朽の造花を育てる「文」とを兼ねるという相反する欲求の「文武両道」にはあらゆる救済が断たれているなどとか。真の肉体の保有者、真の行為者の英雄主義についていて氏はしきりにいうが、行為者とはそんなに英雄的なものなのだろうか。真の行為を体得しそれが何かを知っている者は時として臆病にさえなるということを、高ぶりつづけた三島氏は理解も許しも出来なかったに違いない。

「汝の父を敬え」のゲイ・タリーズがかってのヘビー級チャンピオン、フロイド・パタースンについて書いた「敗者」という良く出来たスケッチには、パタースンが自分は臆病者のような気がする、やっぱり自分は臆病なのだと述懐する胸打つくだりがあるが、敗北を知っている強者の非英雄的な、しかし怜悧で人間的自己解明である。

マイアミの試合では彼に負けながらその後のパーティに出ていたインゲマル・ヨハンスンは勇気がある、自分だったらとても出られはしないだろう、と彼はいう。そしてまた、彼を一方的に下したソニー・リストンと是非もう一度、今度なら三分間はもつということだけを自分に証すために戦いたいとも。

彼の言葉を聞いていると、彼が行為者として恐れているのが自分の意識だというのがよくわかる。意識に駆られなくては行為出来ない者は不完全な行為者でしかないし、臆病者ほど臆病を恐れて嫌うに違いない。死ぬ気になって戦うというのと、三島氏のように自分で死んでしまうというのは決定的に違うことである。

結果はなんであれ、いや、そうではなくて、あの人騒がせな自殺のすぐ前に三島氏はわざわざこんな文章を書いて残した。だからといって私たちはこれとあの死に方を律義に繋いでことほぐ義理はない。「太陽と鉄」には氏の死に関する伏線もあろうが、それよりも氏の生前の在り方との関わりでこの文章を解読したほうが三島氏の罠にかからずにすみそうな気がする。

ようするに「太陽と鉄」は真摯な自己告白のように見えても実は氏自身への粉飾でしかなく、本質的に嘘であり、間違いであり、氏にはあんなことを言い切る資格はその肉体の能力の故にありはしない。それを立証する氏に関する傍証は無数にあろうが、それを否定する証拠や事実はどこにもありはしまい。あるのは氏自身の華麗で空しい弁論だけだろう。氏はあの手のこんだ自殺のためにこれを書いたのではなく、こんなものを書かなくてはならなかったが故に自殺したのである。

三島氏が自分の肉体をこんな文章までものして正当化しなくてはならなかった訳はさまざまあろうが、私がいかにも小意地悪くいってきたこと、いいたいことは、三島氏は決して肉体的なプレゼンスにふさわしい人間ではなかったということ、むしろ誰よりもそれからかけはなれて遠い資質の人だったということだけである。それが確認されれば、三島氏の文学は冷静に正当に読みとられようし、それが故人への功徳というものだろう。「太陽と鉄」という厄介な書き残しは三島氏のなによりのアリバイのように見えても、実は氏の犯行の大事ななによりの証拠に違いない。ここにもりこまれたさまざまな矛盾と嘘と分裂を糊塗するために氏はさらにその後、政治、国家、文化、はては天皇までを持ち出して自分を飾り、その未練さを抹消するために、潔さそうで実は極めて個人的な自殺を遂行することになっていく。私との対談でいい争ったことだが、三島氏の内に、国家への愛着とか危機感、使命感といったいかなる公的な衝動よりも、何よりも汪溢していたのは自己への執着だったに違いない。

三島氏が市ヶ谷台で死ぬ一年ほど前のことだったが、当時の佐藤内閣の官房長官だった保利茂氏がその年の通常国会を前に冒頭の施政方針演説の参考にと、すでに議員になっていた私と今日出海氏と三島氏をホテルニューオータニに招いて雑談したことがある。

その国会は、当時日本中の大学を騒がしていた全共闘対策の大学立法の提出や、自衛隊法、健保法の改正などなど厄介な法律案が並んでいて運営の困難が予想されていたが、私は総理自らが問題点を要約して政府の見解を述べ、国民の批判と判断を仰ぐべきだ、つまり国会での討論の問題提起をこちらからして機先を制すべきだといった。保利氏は腕を組み直し、

「うーん、そうすると国会の議論が白熱化する恐れがありますなあ」

といった。

「国会の議論が白熱化しないから外で騒ぎが起こるんですよ」

私はいったが、老練な官房長官は、

「いや、もうその限界点を過ぎているような気がします」

いって私の案を忌避した。

その後今氏が何をいったかよく覚えていないが、今氏が終わるとそれまで全く黙ったままでいた三島氏が、

「もういいですか、私が話していいですか。なら私に二十分ください」

何をいうかと思ったら、政府が自衛隊を使っての反クーデタの詳細な計画をぶち上げたものだった。どこそこに何師団、どこに戦車何台、海軍はどこを固め、空軍はどこに威嚇の低空飛行をおこなうとか、そしてその結果議会ももちろん閉鎖し、佐藤総理自身が革命軍の総指揮官となり憲法を改正し、天皇の身分の規定をどうこう直し、さらに何と何とを規制するといった具体的な目的までをうたい上げて、近未来的な新日本の絵柄について滔々と話していた。

私の横で今氏が最初驚いたように三島氏の顔を何度か見やり、伺うように私を見直し、それでも真面目な顔で聞き入っている保利氏の様子に諦めたように葉巻に火をつけくゆら

せながら目をつむったままでいた。

私にはそれが三島氏の主催している「楯の会」の勉強報告と思われたので興味本位で聞いていたが、まともな顔をしていながら保利氏は内心戸惑うか辟易しているのではないかと思っていた。

しかし老獪な政治家は段々引きこまれていくように、やがては声までだして頷いてもみせ、三島氏が計ったように二十分で終わると、

「いやあ、なるほど、なるほど。いかにもおっしゃる通りですなあ。しかし、残念ながらなかなかそうはまいりませんでねえ」

いって終わりだった。

三島氏の方はその反応に不満というより、いいたいことをいうだけいったという興奮と満足だけで事足りたようにみえた。そして講義を終えた売れっ子の教授のようにさっさと立ち上がって帰っていった。

保利氏もひきとった後、今氏がいかにも怪訝そうに、

「君、三島君はどこまで本気なのかねえ」

いった。

「まさか、これから書く小説のプロットということでもないでしょう」

私はいったが今氏はいよいよ不興気になって、それきり何もいわず首を振りながら帰っ

ていった。
私には三島氏が最初から保利氏が何か具体的な反応を示すとは期待もしていないのがよくわかった。あるいはあれは、時の政府に対する一種の恫喝だったのだろうかとも思ったが。

当時大学の前近代的なもろもろの制度の改革を計ってそれからエスカレートした大学紛争は一種の精神生理現象として日本中に広がり、創価学会のような宗教組織の指導者たちまでが学会に属する学生たちと一緒にヘルメットを被り拳を突き上げてみせるという騒ぎだった。しかしそんなものが日本を覆す騒乱にまで発展する訳もなく、東大を占拠している全共闘に招かれていった三島氏が幼稚な学生たちを煙に巻き手玉にとったりしていたが、出かけていった三島氏がよもあそこで政府による反クーデタの必要性を実感して帰ってきたとも思えない。

三島氏はだいぶ前から退屈だ退屈だといっていたが、その退屈さが国家への危機感をいたずらに助長した訳でもあるまいが、さらに氏は自らの私兵を使っての国家の改造を口にするようになっていった。

しかし氏の政治参加は本来ならもっと違う形で行われる筈だった。実は氏は実際に議席を持つ政治家になろうと考えていたようだ。私はそれを後になって知ったが、もしそう知っていたら私は多分氏のキャンペーンに参加して氏の目的達成に手を貸していたと思う。

あるいは氏の周辺の人たちは否定してかかるかも知れぬが、いろいろ確証がある。誰よりも氏の母親の亡き倭文重さんは知っていた。そしてそれを彼女が親しかったこれも亡き佐藤栄作夫人の寛子さんに語っている。そしてもう一人、剣道で近しくなった参議院議員の八田氏に、氏は実際の選挙運動の運用の仕方について具体的に質している。

私は縁あって作家の頃から当時の佐藤総理を知っていたので参議院の全国区に出る時に相談もしたが、私と同じ選挙に三島氏も出馬を考え一期前に全国区で当選していた八田氏に相談したようだ。

私がそれを八田氏に確かめたのは三島氏があの自殺を遂げた後だったが、氏はなんら悪びれることなく頷き、当選のため必要な得票数やおおまかな予算の話もしたといっていた。

そもそも私は寛子夫人から、三島氏が私と同じ選挙に出るつもりがあったが私がその先を越した形になったのでひと頃たいそう機嫌が悪く、誰に当たる訳にもいかずに母親の倭文重さんに駄々をこね手こずらせたと、当の倭文重さんから打ち明けられたと聞かされた。

あの頃佐藤総理は休日は鎌倉に別荘として借りた旧前田別邸にきていて、人づきあいの下手な佐藤氏はよく夫婦だけの晩餐に、当時は隣の逗子に住んでいた私たち夫婦を呼び出した。佐藤氏がカロリーを制限された、私たちとは違う味気無いメニュウの夕食をすませ按摩をとって寝てしまった後私たちは、水を向けると楽しい饒舌で四方山の話をしてくれる寛子夫人と遅くまで話しこんだものだが、いつだったか話題がふと三島氏に及ぶと彼女がそんな話をしてみせた。

私には驚くべき話だったが寛子夫人にはそんな意味合いはまったくなさそうで、

「本当ですかね、僕には信じられない話だなあ」

首を傾げると、

「本当ですよ、何人か知っている議員さんにも相談していたみたいよ」

いって八田氏の名も上げた。

「ご当人は本気だったみたいですよ。でも、私がそのことをいったら栄作は首を傾げ、それはただの思いつきだけなのじゃないかといってたけど、一時は本気だったことは確か。とにかく亡くなる前お母さんに、つまらないつまらないこれなら死んだほうがましだってよくいっていたそうよ。どうしてそんなにつまらないのって質したら、ノーベル賞は川端さんにいっちゃうし、石原は政治家になっちゃうしって子供みたいに駄々こねてたそうですよ。あんな死に方をするなんて思わなかったから、もう少し本気で息子のいうことを聞いてやっていればよかったって、お母さんは後悔していたわ」

いわれると私にはいろいろ思いあたるものがあった。

その後八田氏に質してみて、三島氏がその気になりかけたのは私よりも早く今東光氏が出馬の表明をした直後の頃だと知った。どこまで準備を進めていたのか、その後間をおいて私が表明し氏としては機会を逸したと判断したようだ。

その経緯について私の責任などありはしないが、それでもなお私の胸にはひっかかるものがあった。思い返してみるといろいろ思い当たるものがある。

簡単にいえば、どうやら私は三島氏が欲しがっていた玩具を奪ってしまったことになるようだ。ならばこそ、私が議席を持った後の三島氏の私に対するいわれのない不興は、それ故の不機嫌のせい、それ故のとばっちりということだったに違いない。

三島氏が政治家を志すというのは決して不自然ではないし、思えばなぜそれを諦めたのかが不思議でもある。結局私の方が先に名乗りを上げてしまったということだけだろう。だから氏は政治家となった私を決して祝福してくれなかった。

議席を持った後ある所で会ったら、

「もう君とは今までみたいなつき合いにはなるまいから、最後に一つだけ忠告をしておくけど、君が将来どこかへ遊説にいく。その帰り道に海岸を通る。波の彼方に夕日が沈んでいき夕焼けが素晴らしい。そこで君が秘書官に車を止めさせて、この夕焼けをしばし眺めていこう、というようじゃ君は本物の政治家にはなれないよ」

つき放すようにいった。

「どうしてですか」

「いやそうなんだ。君は絶対に政治小説を書いたり、芸術的な政治をしようなどと思っては駄目だ。そんなことをしたら破滅するよ」

「勿論わかっていますよ。僕は決して政治そのものを主題にした小説は書かないだろうし、芸術的な政治なんてあり得ないとも思ってます。でもね、僕は公務の帰り道にでも車を止めて美しい夕焼けを眺めますよ。その感性が政治に不要なものとは絶対に思わないな」

　私がいうと、

「ま、いいだろう」

　と氏はいっただけだったが。


　暫くして三島氏は突然私への公開状と銘打っての文章を毎日新聞紙上に発表した。最初私はそれを知らずにいたが毎日新聞学芸部のデスクから電話がかかり、三島氏の公開状に対して反論があるなら公平を期すために掲載しますがいかがですかといってきた。

　私はそれをまだ読んではおらず、どんな内容かと質したら相手はやや困惑した声で、とにかく自分で読んでみてほしい、我々としてはこのポレミックスは互いに一度きりのものにしたいと思っているといった。

　それも妙な前提ではないかといったが、とにかく自分で読んでほしいと相手は重ねていい、最後にこれは私個人の見解ですが、三島さんがなんであいうことを書かれたのか私にはどうもよくわからないということだった。

三島氏の全集には氏の公開状だけが収録されていて私の反論は載っていないが、氏の言い分は何とももののしく公開状と銘打つまでもない内容で、あくまでも氏の勝手な思い込みとしかいえぬものだった。

論旨は、私が高坂正堯氏とした自民党への批判を氏はさらに批判し、いったん党にはいったならばそこで禄をはむ人間としては、藩に抱えられた昔の武士と同じように批判などすべきではない。仕えている相手を批判するというのは武士道にもとる。本気で批判するなら武士がしたように諌死の切腹をせよという、どうにもことを取り違えて見当外れのものでしかなかった。ちなみにそのタイトルは「士道について」というたいそうなものだった。

私の反論は、私は武士などではなく政党政治の中でこちらから党を選んで入った政治家であり、私がはんでいる禄は党などではなしに、特別公務員である議員としてあくまでも国家国民から頂いているのであって、政党政治家が党から禄をはんでいるなどというのは初歩的な認識違いもはなはだしい。私が仕えているのは国家国民に対してであって、党などではない。その限りの責任で、あくまで政治の手段でしかない政党を批判し、よりよきものに是正していくのは当然の責任ではないか。私は禄をもらっている訳でもない政党のために諌死などするつもりはまったくない、ということである。

正直いって現代の議会政治の中に武士道を持ちこむのは無理というより無知に近い論で、それが三島氏によってなされていることに新聞の当事者たちが困惑していたことは確かだろう。

だから反論の最後に書いておいた。

『正直いって、あなたの美意識が政治に向かって説く武士道には私も当惑します。君が芸術的な政治をやろうなどと思った瞬間、君はすべてを失って破滅するだろう、という、有益な忠告をたまわったのは、三島さん、確かあなただったではないでしょうか。

文学と政治という二つの対極的方法の密着背反という距離的錯覚の落とし穴に落ちぬためにも、私は決して芸術的政治をしようとなど心がけませんし、政治的文学をものしようなどとも思いません。

三島さんも、その落とし穴に気をつけてください。そうでないと、あなたのプライベイト・アーミイの「楯の会」も、美にもならず、政治にもならぬただの政治的ファルスのマヌカンにしかなりかねませんから』

と。

あれも今から眺めなおすといかにも暗示的な論争、というより言い争いだったような気がする。しかし私自身の姿勢はそれからどう変わってもいない。私が今所属している政党は昔よりももっと奇妙な体たらくになってきているが、その中での私自身の言動は、三島氏に告げた通り、三島氏にいわれた通りできているつもりである。

たとえば、これだけ世界が変り政治係数が変化しているのに、日米関係が今の実質的従属のままであるべきだというような論には荷担しない私のことを党の中には、野党よりも野党的という手合いもいるが、私は籍こそおいているが政党はしょせん国民のための道具でしかないと思っているし、私は政治家としての自分の忠誠を党だの派閥だのに捧げるつもりは毛頭ない。


「楯の会」を主催しだした頃から三島氏の上に混乱と衰弱の色が濃くなっていったような気がする。眺めていて氏はなぜかしきりに何かに向かって焦り、いらいらしていた。それはある者たちにとっては今まで見ることのなかった、どこか弱々しい三島氏の印象だった。村松剛氏の労作「三島由紀夫の世界」にある、自分がノーベル賞を欲しがるのはおかしいかという問いも氏に兆したある弱さのせいか、それともその賞で得たものをさらに何かのために転化させようとする思惑の故だったろうか。しかしいずれにせよ、文壇のちゃちな政治をあれだけ軽蔑し唾棄していた三島氏のイメイジにそぐわぬものであることに違いはない。

実は氏に関するこの種の、滅多に人の知らぬ挿話がもう一つある。

三島氏は自作、自演、自監督、自制作で映画「憂国」をつくったが、この作品でとにかくどこの映画祭でもいいから、何の賞でもとりたいと七転八倒、東奔西走していた。ヨーロッパのあちこちで行われる映画祭の情報に詳しくそれに関わるいろいろなアレンジメントもしていた、当時ユニ・フランスの社長のマルセル・ジュグラリスは私の作品集のジュリアールからの出版に際しての翻訳者であり、たまたま彼の秘書をしていた女性が私の女友達だった。

マルセルが映画「憂国」をまったく評価しておらず、その作品を持ちこんでどこの国の何の賞でもいい、たとえ撮影賞でもいいから取るべく差配してくれぬかとしつこく頼む三島氏に腹をたて、氏のことをスタッフの前で皮肉に評しているのを私は彼女から逐一聞いていた。彼女もまたオフィスの主宰者を真似て、事務所にやってきた三島氏の印象を小馬鹿にして伝えたが、聞く私には無念な噂だった。

日本の一般の観客の反応を確かめにマルセルと彼女たちがATGの劇場にいって作品を眺めていたら、周りにいる若い観客たちが声をたてて笑い出しマルセルが肩をすくめてみせたという話に、私としては身びいきの反発を感じたが、同時に三島氏が彼等に笑われながらもなおどこかの賞をあの映画のために求めたというのは決して嘘の話とも思われなかった。

剣道の段にせよ、ノーベル賞にせよ、映画祭の賞にせよ、それらは単に名声フェティシズムのためだけではなく、あの手のこんだ自殺のための伏線、小道具のつもりだったろうが、また一方、氏が真摯にそれらのものを望み憧れたというのも間違いないところだろう。

毎日新聞紙上での子供じみたとしかいいようないとんちんかんないいがかりといい、その他この他あの頃の三島氏に私はいろいろ心外な思いを何度かさせられた。そして気の毒にも氏は、私がそれに傷ついたり怒ったりしているのを感じとり、今度は頼みもせぬことを断りなしにやってくれ、それが氏の気弱な贖罪だというのがすぐにわかって、こちらも感謝の前に鼻白んだり、うそ寒い気分にさせられたものだった。

ある時あるところで講談社のE氏という、昔は各社によくいた文壇の世話がかりのような立場の特に三島氏の身の周りの世話をよくしていた人物に出会った時、またあることで腹をたてていた私が、

「Eさん、三島さんにこの頃会いますかね」

尋ね、頷く相手に、

「それならいっといてくれよ。この俺が三島由紀夫なんて女みたいな奴だといっていたってな」

「どうかしたんですか」

「いや、ただそういえば三島さんは胸に応えることが三つや四つはある筈だよ」

私がいったらE氏が私を見詰めなおして、

「あなた、私のことを三島の家の三太夫だと思ってるんでしょう。でも、断っておくけど、違いますよ私は。あなたに何があったかは知らないが、そうですよ、三島なんて女みたいな奴ですよ」

吐き捨てるようにいったのには驚かされた。

E氏の心の内でまで自分を失わしめて、三島氏はいったい何を試み目指していたのだろうか。氏の死の後いろいろ聞き合わせてみると、死の直前のわずかな間に氏の周囲から思いがけぬほど大切な数多い友人たちが立ち去っていっている。その代わりに氏はいったい誰を、そして何を得たのだろうか。


毎日新聞での公開状の後、一度だけ真正面から政治について氏とやりあったことがある。私があの「楯の会」の制服を揶揄したら氏が怒り、私はなおも、あなたがあの会で政治をしようとしているなら、そのためにどんな行動を取るにせよ、その起点として確認すべきこともせずにただ政治の現状に不満だ不満だといっても誰にも通じないといった。

ならばその起点とは何だというから、政治は行動だというなら、行動は抽象論では導かれはしないのだから、何についてはは何と具体的に一つ一つはっきりしてもらいたい。それがなくては私は「楯の会」なるものを人形の兵隊としか思えないし、何を期待もしない。

ならばその具体的にとは、例えば何なんだ。

それは例えば、日本国の憲法はあのままでいいのか。政治の規範の憲法についてまったく何もいわずにではなんの批判にもならぬしなんの行動も誘発されはしないだろう。

いや、憲法は当然変えなくてはならない。

ならば九条もですか。

勿論だ。

もう一つ当時ようやくアメリカとの関係がぎすぎすしだしてきて（丁度繊維交渉のもつれだした頃で、アメリカと日本両方に互いへの不満がつのり出していた）、驚くことにその頃の毎日新聞の世論調査では、日本の核武装の是非が34対36という数字になっていた。私はそれを踏まえて議員で初めてアメリカの核戦略基地のＳＡＣとＮＯＲＡＤを視察してきたが、アメリカの核の傘の抑止力というのは半ばは神話でしかないと確信した。

しかしこの世論調査をそのまま受け止める訳にもいかない。国民大衆がなんといおうと、我々自身はもうこの問題に対する自前の論をきちっと持っていなくてはならぬはずだ、あなたはそれについてどうなんですか。九条の改正といってもその先どこまでいくのが国家として妥当なのか、それも見定めずに、ただの右翼みたいに現憲法はけしからぬといっても聞こえませんよ。

私が畳みこんでいったら三島氏は黙って唇を噛んでいた。

それから暫くして、当時はまだ三島氏の恩寵を受けていた、しかし後には訣別した「論争ジャーナル」の中辻君から三島氏が、この前は石原にいいたいことをいわれた、しかし彼のいう通りだ、だから憲法は俺たちでやろう、核問題は彼に任そうといっていた、と聞かされた。

ということで「楯の会」では憲法研究会が毎週開催されることになったようだ。

もっとも三島氏は自ら請け合った答案をきちんと出す代わりにああした自殺を遂げてしまった。もしそれが日本の防衛、日本の文化の防衛、さらに収斂すれば氏が最後の対談でいっていたように日本の文化の象徴、いや文化そのものとしての「天皇」を守るために行われたというならそれはほとんどなんの効果ももたらしはしなかったとしかいいようないあたり前の話だが自衛隊は氏の演説と号令では日本の体制を覆すためのクーデタには立ちあがらなかった。だけではなく、三島氏への浅薄な同情論は、氏の呼び掛けに応えて立ち上がらなかった自衛隊を腰抜けともいう。

我々はあんな呼びかけで立ち上がらぬ軍隊を持って幸せではあったが、しかし相対にあの事件で日本の国軍である自衛隊がわずかでも腰抜けという、根拠のないイメイジでとらえられたことは国家の損害以外のなにものでもない。

武人の長たる東部方面総監をだまして居直り、縄目の辱めを加えて反乱を呼びかけるという行為が愛国的と呼ばれるはずもない。

三島氏のような卓抜な頭脳がそれを判じることが出来ぬ訳はない。ならば、なぜなんのために氏はあの出来ごとを自らの手でしたてたのか。

考えれば、私たちはそれでもかなり三島氏を楽しんでいた。三島氏も楽しんだろうが、私たちもまた無責任に楽しんでいた。氏が本当はどこまでどのように本気なのか悟ろうともせず、喝采されれば曲乗りの梯子の高さを際限もなく高くしていく芸人に誰も命綱をさしだしたり、墜死よけの網を張ってやろうともしなかった。しようとすれば、人の目がある限り氏もそれを拒んだろうが。

あのきらびやかな制服につつまれた氏の政治参加(?)のもっとも根源的な衝動とはいったいなんだったのだろうか。氏が綴ったものを読み直せば読み直すほどその実体が不明になる。

「文化防衛論」というのはいかにも粗雑な文章で多くの識者がいうように文体の上でも荒廃がみられるが、しかし氏のいう文化と伝統の再帰性の所産として、他と同じ市場経済における今日の日本の経済産業の確固たる実績は、アメリカともヨーロッパとも異なるその運用の優れたシステムの結果として結実し、そのシステムの違いが文化の相違ということで一方的な非難の対象となっている今、我々は経済における効率などをはるかに超えた根源的な価値を守るために戦い努めなくてはなるまいに。

それは三島氏という優れた作家の内にあった、西洋と東洋、観念と情念、あるいは古典と未来という対極に繋がり、シュペングラーがいったようにその対立、あるいは分裂を超克することでの異なる文化同士の摩擦の末の弁証法的な高揚の歴史的必然を暗示している。そしてこの時代に我々が三島氏を欠くということの口惜しさを私は感じてならない。

あの時ああした死に方をする以上に、肉体は老いてはいようと、三島氏が日本のために尽すべき本質的な貢献は多々あった筈である。

「楯の会」一周年記念の国立劇場の屋上で行われるという式典に私も招かれたが、当然出席しはしなかった。欠席の通知を出した後三島氏と出会い、欠席をなじられたので私が出席の必要を感じないといったら氏がさらにそのいわれを質した。

「楯の会というのは軍隊ですか」

私が聞き直したら、

「民兵だ」

と氏はいった。

「だとしても、劇場の屋根の上でパレードするというのはやっぱり玩具の兵隊だな」

いったら憤然として、

「君にはあすこで式をするいわれがわからないのか」

「なんですかそれは」

「あそこからは皇居がみえるからだよ」

氏は胸をそらせていったものだった。

「なら、皇居前広場でやればいい」

「あそこは許可がおりない」

「ならもっと人前の、銀座の大通りでしたらいい。いや、すべきでしょう。しかし、誰かに綺麗な制服に卵をぶつけられるのがいやなんでしょう」

私が笑っていったら、

「君の発想も貧しいもんだ」

と氏はいった。

村松剛氏の「三島由紀夫の世界」によれば、

『国立劇場の屋上で行なわれた「楯の會」一周年記念の式典では、三島は川端康成に祝辞を述べてもらうつもりでいた。

鎌倉の川端さんの家に行って彼がその依頼を切出すと、川端さんは言下に、

――いやです。ええ、いやです。

にべもない返事なんだよと、三島はその口調をまねしながらいった。ことわられる

とは思っていなかったので、打撃は大きかったのである。川端さんは政治ぎらいだからといって慰めると、

——だって今東光の選挙のときには、応援に走りまわったじゃないか』

とあるが、公のしかも親友の選挙と、あの得体も知れぬ「楯の会」とでは話が違うというのが川端氏の本音だったろう。それとこれとを一緒くたにしてしまうというところにも三島氏の混乱というか荒廃というか、すでに余人にはついていけぬ独善としかいいようないものがある。

このことで三島氏はずいぶん川端氏をうらんでいたと聞くが、異常なものについて計るのに結局常識をもってするのが人間の英知ということだろう。三島氏が死んだ後川端氏はそれをひどく苦にしていたそうだが、はたから見て気の毒というよりない。

村松氏の記述によれば、三島氏の最後の長編の「奔馬」を担当していた新潮社の菅原氏が氏に、『あなたは作品だけを書いて下さい。自分でわからなくても天才なんです。大事な人です。とにかくご自分で作りあげた主人公になりきる習性があるから、注意して下さいよ』、とあるのは、あながち担当している仕事の完成を危ぶんでの献言だけではなく、長く氏のそばにいて氏を眺めてきた者としての正鵠を射た懸念だったろう。「禁色」の時

は男色の老作家に、「美しい星」の時は半ば宇宙人になっていたという三島氏の危うさを身近な人間ほど本気で懸念していたのだろう。そして怜悧な第三者もまた、前に引いた山本七平氏のようにその倒錯を嗅ぎ取っている。

ということで、誰か先輩からいってもらったらどうかということになり、川端氏よりも小林秀雄氏にということで、小林氏は家につれてこられた三島氏に焦ってはいけないという意味のことをいったそうな。

こんな話を聞くとまた私にはそれとの関わりで思い出される私自身の挿話がある。議員になって暫くしゴルフ場で一緒になった時、みんなの前で小林氏が私に、

「どうだ、政治家になって弟子は出来たかい」

と聞いた。ちなみに私の選挙にも今氏と同様に小林氏は推薦人になってくれていた。鎌倉の氏の家まで頼みにいったら案に反して、今氏と重なってもいいなら結構とその場で引き受けてくれた。

私が、

「弟子とはなんですか」

聞いたら、

「弟子さ、ほんものの」

で私は半ば茶化して、

「弟子というか、僕が国のために一緒にあいつを殺そうといったら代わりにやってしまうような仲間なら三人くらいはいますな」

いったら氏がひどく真面目な顔で、

「それはいいな。なら本気で政治をやることだよ。俺なんざそんな弟子は一人もいないな」

いった。

その目の前に大岡昇平氏と中村光夫氏がいて憮然とした顔になったのを今でもよく覚えている。そしてその話をある時私はやや誇らしげに三島氏に告げたものだったが。

三島氏の政治における思いつめとは、書いたものをたどれば、この日本では社会的政治的トレンドとして刻一刻真に日本的なるものが疎外されていき、自民党政府はそれにも気づかずいたずらな繁栄の下に、その傾向を助長するためには暴力を顧みない反体制勢力を等閑視している。事態は政府や国民が考えているよりも深刻であり、文化を主唱しながら実はこの国を骨抜きにしてしまう政治勢力が国民の精神の内側においても意識されぬ間に浸透していっている。学生騒動はその明らかな予兆、というよりすでに邪悪な勢力の尖兵として押し寄せているのだ。そして騒動はやがて内乱にまで拡大されるだろう。

『そういうなかで三島は、騒動が内乱へと拡がることを期待し、またその可能性を殆ど信じてもいた。内乱になれば、自衛隊の治安出動は避けられない。
——内乱状態の発生と治安出動のあいだには、時間的な隙間があるんだよ、
と彼はいった。
——自衛隊が出て来るまでのその隙間が、楯の会の出番なのさ。
そのことと三島が念願としていた憲法の改正とが、どのようにつながるのかの説明はなかった』
（村松剛「三島由紀夫の世界」）

しかしそれは反体制勢力への買い被りで、極左勢力は簡単に鎮圧され、自衛隊の治安出動はなく、当然「楯の会」の出る幕もなかった。三島氏は極めて失望したそうだが、冗談ではない、国民からすれば国家のために慶賀とすべきではないか。

しかしそれで相談しあったら、会員の一人が楯の会と自衛隊で国会を包囲し、憲法改正を発議させたらどうかといいだしたそうな。三島氏はさすがににわかには賛成せず、また来年の騒ぎになんとか期待を繋いだという。

そして翌年、三島氏は、

『（前略）楯の会と自衛隊がともに武装蜂起して国会に入り、憲法改正を訴える方法が最も良い旨もらしたが、（中略）その後三島は、自衛隊は期待できないから、自分達だ

けで本件の計画を実行する、その方法として、自衛隊の弾薬庫を占拠して武器を確保するとともに、これを爆発させると脅かすか、あるいは東部方面総監を拘束して人質とするかして、自衛隊員を集合させ、三島らの主張を訴え、決起する者があれば、ともに国会を占拠して憲法改正を議決させるという方策を提案した』

（『三島由紀夫の世界』）

そうな。

そして氏はその提案の通り突撃し自爆してしまう。

いったいなぜ、なぜ、なぜ、と思わぬ訳にいかない。

『すべてを拒否すること、現実の日本や日本人をすらすべて拒絶し否定することのほか、このもつとも生きにくい生き方のほかに、とどのつまりは誰かを殺して自刃することのほかに、真に「日本」と共に生きる道はないのではなからうか？』（『暁の寺』）

この思いつめは、日本の近未来への社会科学的先見性を欠いた、ただ異常な思いこみとしかいいようない。当時の日本には、今日の日本の世界的地位を造形していった、肯定的な部分が沢山あった。
しかしならばなぜ三島氏は自分をしか殺さなかったのか。氏が敬愛した蓮田善明が、敗戦直後天皇を誹謗した聯隊長を射殺し自らも自決したように誰か国家にとっての極悪を殺そうとしなかったのか。

『(「英霊の声」は) 御令弟をはじめ、二・二六蹶起将校の御霊前に捧げるつもりで書いた作品であります。しかしそれにつけても、現代日本の飽満、沈滞、無気力には、苛立たしいものを感じてなりません。これは小生一人のヒステリーでありませうか?』

(二・二六事件で負傷し自決した河野大尉の兄君への手紙)

そうその通り、それは三島氏一人のヒステリーとしかいいようない。

『死を賭しての「魂の叫び」を後世にのこす』

(「三島由紀夫の世界」)

なら、いったい何のためにあの時を選んだというのだろうか。

『私はほとんど「生きた」とはいへない。鼻をつまみながら通りすぎたのだ。(中略)

私はこれからの日本に大して希望をつなぐことができない。このまま行つたら「日本」はなくなつてしまふのではないかといふ感を日ましに深くする。日本はなくなつて、その代はりに、無機的な、からつぽな、ニュートラルな、中間色の、富裕な、抜目がない、或る経済的大国が極東の一角に残るのであらう。それでもいいと思つてゐる人たちと、私は口をきく気にもなれなくなつてゐるのである』

（「私の中の二十五年」）

私が氏の死を咎めるのは、まさに今こそその予見は当たり日本はすべての戦後構造を大幅に、出来得ればすべて払拭しなくてはならぬ時に来ているのではないか。

三島氏が自殺してしまった時より今の日本の方がさらに本質的危機は肥大し、その祖国は限られた、しかし強い影響力を世界に持ちながら、それ故に不本意な軽蔑に晒され、国際政治的にはインポテンツなこの国は、三島氏が多分考慮に入れなかった経済産業という文明のダイナモを、固有の文化と伝統にのっとった独自のシステムによって運用して諸外国をはるかに凌ぎ、これからもまたさらに凌ごうとしているが故にも、その成功の根底にある文化と伝統の差異について、それをただ不公正として彼らから野蛮に咎められているのではないか。

氏もまた氏自身の分裂の内に一方の極として信奉していたヨーロッパの近代主義はようやく終焉し、新しい文明が、東と西の文化を収斂しているともいえる日本とアメリカの協調と融和によってしか成り立ち得ぬというこの新しい文明の創成期に、国際政治においては無知と無能の日本は、今は本丸ともいえる我々の文化をこそ防衛しなくてはならぬ時にさしかかっているのに。それを予感していた三島氏はいったいなんという死に方をしたというのだろうか。

多くの日本人がようやく、決してそのままでもいいとは思わなくなってきたこの現況を待たずに、俺はもう我慢がならぬからというだけであなたは死んだのかと、今になればなるほど私は思う。

三島氏の予見は所詮自らかまえる論のためだけでしかなかったとしかいいようない。あるいは的を射かけていながらもなお、文明論としてはその先の広がりに欠けていたというべきなのか。文化の再帰性をいいながら、氏にとっての日本文化の再帰は言語に関わる領域にしか思い及ばなかったのだろうか。その再帰は日本では文明のダイナモたる、経済産業の基幹である経営や技術にこそ顕著に見られていたのに。そしてその上にこそ、我々はある未曾有の文化の造形を志すべき季節にいるというのに。

たしかにあれから二十年という歳月は未来として予見するには、変化の激しいこの現代で想像を超えるものかも知れぬ。しかし一方では、氏は今日日本が晒されている本質的危機について予感していたではないか。

氏は、『自分をファナティックにできない人間はだめだよ』、と村松氏にいっていたそうだが、百人殺すなら一万人殺すのも同じといった、決心された政治行動におけるファナティズムは必要かも知れぬが、殺すか殺さぬか、いつ殺すかといった計画までがファナティックになってしまってはことの成就はおよそおぼつくまい。

氏のいうファナティズムが何かは知れぬが、己の文明論の予見を無視して時を待たず、行動の効率を無視して最悪の効果のために、自分だけではなく他人の命まで巻き添えにするというのは優れた指揮官ではまったくないし、愚かとしかいいようない。

しかしそれもなお、それが決して公的な意味合いを持たずまったく個人的な試みとして冒されるなら誰の知ったことでもあるまいが。しかし自ら起こしたあの事件の中で氏が観客をまったく意識しなかったということなぞありはしまい。

三島氏は待てなかった。

待てば生命以上に大きなものが破綻する可能性があったのか。

あの大仰で、無為で、愚かしくしかなかった自殺の根底にもやはり二つのコードが鳴っていたような気がする。

氏が日本を憂えていなかった訳はない。日本がある本質的な危機に向かいつつあったことも間違いない。それは退屈さの中に育まれる国家にとっての毒というべきものだろうが、それを危機として予感している当の自分がしきりに退屈だと嘯くのも変な話である。それはまあ氏のレトリックとして聞いても、国家のためにその懸念を晴らすことが男子の道であり、今までせっかく鍛えた肉体の最高の表現として死さえも賭して行為しようというのに、なんで拙劣としかいいようない時と方法を選んで、仰々しくはあっても誰の目にも決して花と散ったとは映らぬ死に方をしてしまったのか。

私は切腹に立ち会ったこともないし、完全な意識を持ちながら次の瞬間に死んでいくことを自覚している人間の立場について想像を逞しくするいわれもない。しかし死の直前あの最後の写真に写った末期の表情をみれば、誰も愚鈍とも錯乱とも思いはしまい。あの顔の平明さはすべての意識から解放された、いわば完璧に自由な人間のものでしかない。つまりあれは氏にとって胎内回帰の瞬間だったのだろう。

あの表情の明かすものは、あの出来事がいろいろな粉飾にまみれていようと実は極めて個人的な、三島氏だけのものごとだったということに違いない。

それ故にある人はそれを賛仰して氏の美学の人生における完璧な帰結などといいそうだが、しかしその一方に氏の愛国がまったくなかった訳ではないのだから、愛国の美学とでもいうのかも知れぬが、純粋な美の追求というなら粉飾が多すぎるし、その意味では完璧ともいいきれぬ。あの死が誰にもそのまま『魂の叫び』とは受け止められはしないものだけに憂国の行為としてもうさんくさく、二重の意味なり価値をもたせようとしてもそれぞれで破綻している。

つまりそういう意味でも出来事そのものは分裂していて、もたらされたものは何もありはしない。そうだろう、三島氏があんな死に方をしてみせなくとも氏の文学の価値は変わらぬし、あんな死によってややこしさ以外の何が付加されただろう。

しかし思えば分裂は氏にとっての宿命ともいえそうだ。前にも記した、氏の内なる琴線にいつも触れて鳴る二つのコード、獲得への願望と、願うそのものの乏しさへの恥の意識。美しい死への願いと、かって英雄的に死ぬことの出来なかったことへの恥。天与の文才と肉体における天与の非才。それ故の、肉体の調練における熱意に背反した非上達。

しかし氏の驚異の自負は自ら足りている才能だけをかざして、実はまったく足りぬものの充足について周囲を強引に説得しようとしてかかった。そして他人に対しては出来たかも知れぬが、自分自身を説得し、納得させることはついに出来はしなかった。

それはギリシャ神話での宿命に背いて戦おうとする氏のいうヒュブリスであり、氏自身がいった通り氏はその傲慢の故に、分裂の鞭で死ぬまで打たれ罰せられたということだろう。

しかしそれにしても氏はその宿命的破綻になんと多くのものを道連れにしたことだろう。剣道も、日本文化も、伝統も、国家も、天皇も、英霊も、なにもかもが氏にとっての粉飾でしかなかった。それらは、本多秋五氏がいみじくもいった氏における『本心』の欠如不在の明かしである。

氏との出会いから今までをふり返ってみれば、私はいつも氏のそばで氏の痛々しい分裂を目にし、その証人として立っていたような気がする。それ故にも、むしろ氏とじかに会わずにすめた方が私にとって良かったような気さえする。私に日本語で書かれた現代の文学の魅惑について教えたのは氏の作品だったし、私自身が物書きとなってから私の無意識の構造について正確に解析してくれたのも氏だった。

以前氏から買って出て書いてくれた筑摩書房からの最初の選集の解説を必要あって最近読み直して戦慄させられた。氏自身はその中で、実は氏が子供じみて嫉妬した私の政治への参加をまったく違う言葉で適確に予言している。氏のいうある既存の価値を破壊することは、しょせん別の価値の創造なり肯定に繋がっていくという逆説的な価値論は今かって以上に私の胸に重く響いてくる。

その作品に余計な夾雑物をはさみこんだのは、三島氏自身だが、私は氏を敬愛した者として、私の知る手だてで、それをとり去ることこそが、氏への友情と信じてこれを書いたつもりでいる。

いずれにせよ三島氏は結局その肉体における、肉体への意識と肉体の実体との分裂と乖離の故に破綻していった。それが氏のもろもろのプレゼンスの衝動のもっとも深くにある源泉であり、平岡公威ならぬ『三島由紀夫』のエネルギーでもあった。

ある意味では氏は肉体を手にしようと願い、手にしたと信じ、それが実は錯覚だったと知った瞬間から、誰からでもなく自分で自分に王様は裸だといい続けていたのかも知れない。

それにしてもなぜ氏はそれほどまでに肉体に執着し、その罠にはまり、結果から眺めれば飼い慣らしたと揚言していた自らの肉体に噛み殺されてしまったのだろうか。

何よりも自分を愛するということを人は決して咎めまいが、それは女々しいことではある。しかしそれをこらえられずにいたとしても、それを糊塗するのに手をつくせばつくすほどはたの目には透けて見えてくるということに、結局氏は高をくくっていたのだろうか。

氏に何よりも足りなかったのは肉体の才よりも我慢だったといえそうだ。自らに我慢が出来れば望外に望むということもなかったろう。

私は最近日本にやってきた、あの筋ジストロフィにかかりやがての死を知りつつ、硬直した体を車椅子に乗せて運ばせながら、喉の筋肉も麻痺してなおコンピューターを使っての人造声で彼にしか見えぬ宇宙について語る天文学者ホーキングの講演を聞いて感動させられた。彼が眺めている宇宙の巨きさ深さからすれば、病に冒されて無残な彼の肉体の意味などほとんど何でもありはしまい。

人間の生命、存在を直接に明かすものは肉体だろうが、その人間の真の価値である個性は肉体の形や能力とはほとんど関わりない。それが、同じ動物ながらそれぞれ多様な価値を持ち得る人間という存在の尊厳の証しに違いない。

三島氏はもし、脆弱な肉体のまま過ごしたとしたらむしろその文学をさらに濃い密度で完成に導いたのではないかと思う。それもまた読者の虫のいい注文だと氏はいうかもしれぬが。

いずれにせよ氏は氏なりにその人生を、氏としての情熱の軌跡をひいて過ぎていったのだろうが、氏が私に向かってあの素晴らしい解説の中での道標として解析し提示してくれたように、その情熱は「結局、退屈か悔恨」のいずれであったのだろうか。

しかしなお私をしていわしむれば、氏の自己へのあまりの執着は、氏が憂い愛したというこの国の本質的危機の時代に三島由紀夫を欠かしめるという不忠と無責任をもたらしたというよりない。

この繁栄の中で私たちがしようもなしに味わっている退屈の主なる原因の一つが、今三島氏が不在であるということなのを、氏ははたして自覚しているのだろうか。

三つの対談

新人の季節（一九五六年）

三島　この十年間いろいろ小説を書いてきて、みんな戦後文学の作家たちが佐官級になったわけだ。僕は万年旗手で、いつまで経っても連隊旗手をやっていたのだが、今度、連隊旗を渡すのに適当な人が見つかった。石原さんにぼろぼろの旗をわたしたい。それで石原さんの出現を嬉しくおもっている。この人なら旗手適任でしょう。それで石原さんになぜみんな騒いでいるかというと、原因は簡単なんで、この人はエトランジェなんだね。日本は神代の昔から、異邦人を非常に尊敬した。自分の部落とちがう人種がはいってくると、稀人《まれびと》で客人《まろうど》であり、非常におもしろがられて、珍しがられた。そういうふうにしてあなたははいってきたわけだ。僕も以前は多少エトランジェであったわけだ。だんだんエトランジェでなくなったが、エトランジェというのが石原さんの特徴でもあり、売物でもある。ほかの若い作家たちはエトランジェではないので、みな分り切っている。部落のなかに生れた嫡子であり、部落の青年に過ぎないが、石原さんは部落の外からやってきた。それが根本ではないかとおもう。しかし僕にとっては、石原さんと会った印象は、ぜんぜん別の人種ということは信じないし、又、ぜんぜん別の人種が小説を書くということも信じられない。やはりわれわれと共通の問題もあり、時代も何年かちがうが、お互いに若いし、だから僕は異邦人意識をもたないで話ができるようにおもうんだ。あなたはつまり、文壇とか文士とかいうものに、いままでどういう考えを持っていた？　自分の仕事のうえで。

石原　そうですね。とにかく僕、小説を書きだすまでは、そういうものにたいして、自分の一つの価値概念を持とうとしたこともないし、持ってなかったですね。なんというのか、いろいろな人に会ってみて、そういうものができつつあるのですけれどもね。なにか人が、よく周りでガヤガヤ言われて非常にうるさいだろうが、気にするな。ああいうものは気にしないでやれと言ってくれたが、私は別に気にしていなかったので、強がりではないのです。

三島　プロフェッショナルな意識がないからだろう。

石原　そうかもしれませんね。それはたしかにそうだが、こっちも自分がいまはいっていった部落が非常に珍しくて、彼らが害意を持っているかいないか知るまえに、いっしょうけんめい見廻しているというところで……。

三島　いわゆる日本の文学青年には一つの型があって、文壇事情に精通し、自分をそういう規格にあてはめて、そうして出てくる人が多いのだけれども、あなたの場合は外れておるところが非常に多いのだけれども、しかしいちがいに外れているとは言えないのではない？　ぜんぜん関心がなければ小説を書かないだろうから……どういうものを目標に文学を書いてきた？　だれにもわからなくていいとおもった？

石原　そうだなア。ただ非常になにか、こういうことは言わないほうがいいかもしれないけれども、小説を書いて、それについて自分が注目されることは愉快ですよ。おもしろいな。

三島　それはそうだ。

石原　そういう興味が非常にあるな。それでまたなんというか、すこしずつ仕事をしだしてからなんですけれども、やはり商売にならなければしようがないとおもいますね。ちょっと話が戻っちゃうのだけれども、さっき文壇について、小説家についてということですが、僕は所謂小説家と言う人間がきらいだったんです。太宰治みたいにね。あの人が非常に、いわゆる小説家というような感じに思えたな。

三島 なるほど。

石原 ということは、要するに小説家というような自意識をもちすぎている人間のような気がしたんですが。それで僕は非常に三島さんに、ぜんぜん小説を書かないまえから魅力を感じていたのだけれども、それは小説のほかに、なにかまだやりそうだなという感じです。妙な小説家の意識というようなものを感じない気がしたので。

三島 つまりね。あなたの例と僕の例は一言にしていえば逆だとおもった。僕は小説家の意識ははじめ強かった。それより若いときもっと強かった。つまり、自分を小説家として規定して、ほかに生き甲斐がないとおもった。けっきょく、そういう考えがなくなったのはトーマス・マンを読んでからで、トーマス・マンははじめは芸術家意識が強かったのだが、芸術家は衰滅する人種で、自分が単に芸術家であるとすれば、衰亡の一途を辿るほかはない。それで市民、ビュルガーにあこがれて、すこしでもビュルガーに近づこうとする。そういう意識がトーマス・マンは服装一つでも、弊衣破帽式のかっこうはしない。ロマンティック派時代の文士のようなかっこうはしない。銀行家とまちがわれるようなかっこうをする。そういうことがトーマス・マンから来て、僕の意識のなかにはいっているわけだ。そういうことで芸術家というものを隠すというようないきかたになった。いかに隠すかということが、僕の文学だとおもうようになった。それはあなたでも隠しているよ。

石原 三島さんに今まで会ったことがないからそういうことはわからなかったのですけれどもね。どういうのかな小説を読んでいて、小説自体からそういうものを非常に感じたのですがね。というのは三島さん自身がそうおもったかどうか知らないですけれども、自分の生活のなかで文学というものに決定的な価値をおいてないで、ある程度つっ放して、にやにや笑って見ていることが出来る人のような気がしたんです。どうも僕は、いわゆる小説家というのはきらいだな。というか、小説しか書けないような人間……。

三島 それはだから、一種の全人意識だね。なんでもできなければ人間嘘だからな。その点ゲーテは政治家であり、あらゆることができたし、色彩に関する研究もしたしね。しかし芸術もいっしょうけんめいやらなければとてもできることではない。えらい仕事だからね。

石原 このあいだ山本健吉さんが、おそらく彼は、芸術というものが映画とかスポーツほどの生き甲斐のある、やり甲斐のあるものだとおもってないだろうといわれたのですけれども、よく考えてみると、そういうものがたしかにあるのですよ。

三島 心のなかにね。

石原 ええ。だけど、これからさき小説の仕事もしていきたいし、そのためには、いま自分の実感では大してしたくないような勉強でもしなければならないとおもうし。

三島 それはそうです。たとえば法律をいやいやおやじにやらされた、それがいまになっていいとおもうよ。あなたは経済でしょう。

石原 社会心理学です。ただ社会心理学というのは、小説にはあまり役に立たないのですね。

三島　そうかもしれない。あれは小説でやるようなことを図式的にやるわけですから。

石原　それは無限小にまでアプローチはするが、決してその対象にさわることがないから。

三島　それはそうだ。やはりあなたは文学に、社会心理学にないものを求めるわけでしょう。

石原　無限小でなく、かならずさわれると……それはスポーツと共通したものがあるのだろうが……。

三島　そのものズバリにタッチできるということは、社会心理学ではできない。その点で、思想とか芸術活動は行動とおなじだということをはっきり言ったのは小林秀雄だ。小林秀雄から非常に日本でその点がはっきりしてきたのだな。一つのハントルンクだということをはっきり言った。しかし僕は、つまり先輩ぶって苦言を呈すると、スポーツをあなたがほんとうに重んずるなら、ほんとうに立派な芸術家でなければ意味ないね。あなたがスポーツマンであって、くだらない小説を書いたとしたら、スポーツを冒瀆するし、あなたの自己冒瀆になっちゃうだろう。そういう例をいくらも見ている。石原さんに期待するのは、スポーツマンであって同時に芸術家としても立派なものでなければスポーツの意味がない。そこで出てくるのは文体《スタイル》の問題だが、あなたは文体《スタイル》は考えない？

石原 スタイルというか、読んでみると文体にスピードがあるかどうかってことをものすごく気にする。その意味じゃ日本のスピード・レコードを作りたいのですが、それがけっきょくスタイルということになってくるでしょう。たとえば探偵小説の文章の牽引力はちがいますけれども、すぐれた探偵小説は途中で本を置きたくないでしょう。あの力がカラクリでひっぱっていくのではなくて、小説の力で読む者を最後までどうしてもひっぱっていかなければならない。その力を僕は欲しいとおもいますね。どんな小さい作品でも……。

三島 フローベルが、私は筋骨隆々としたスタイルしか欲しくないという。スタイルが弱いのは大きらいで、スピードが出てスタイルが弱くなったらだめだね。運動でも柔軟性のある筋肉は一見柔かいが、柔かくて強いのだね。そうしてスピードが出る。

こつこつ固いのはだめだね。両方兼用したようなスタイルがなければだめだ。あなたはコクトオのスタイルなどは好き?

石原 好きですね。このあいだ三島さんがおっしゃったが、陸上競技のようにしなやかでバネのある。

三島 非常なスピードですよ。迅速なるスピード、しかしスピードのある文体は、却って早く書けないのではないか?

石原 そうですか。

三島 僕はそうおもうな。非常に収斂した形の文体でなければスピードがでないと思うがな。

石原 書くまえにぼんやりしていてあまり大したこともせずにボサッとしているんですが、やはりそういうときになんというかほんとうに小説のすみずみ、デテールまで考えて、文句まで考えちゃうんです。だからそういう行き方でやりますと、書くときはパッとやった作品は、三島さんのおっしゃったようにじっくり考えてスピード感を出した作品とおなじ速度感があるとおもうが、ただ時間に追われて書いたのは書いた時間がいくら早くてもだめですね。

三島 僕のことばかり言うが、芸術はスポーツと関係がないともおもっていた。芸術のコンディションはスポーツのコンディションとちがうとおもっていた。徹夜を続けて体などはどうでもいいと考えていたが、このごろそのころのものを読み直してみると、ここは徹夜した部分、ここはコンディションの悪い部分と、はっきりわかる。それで寝なければいけないとおもった。一日八時間睡眠をとる。書けなければすぐ寝るのだ。コンディションを回復しなければおなじペースにやれないのだね。そういうこととおなじではない？　運動は。

石原 僕のは睡眠ではなく、スポーツです。ごく生理的要求ですね。一週間なにか運動しないと、頭がもやもやして、ちっとも文章は浮かんでこないんです。そういうときはタオルを首に捲いて、海岸を三往復ぐらい駈けてくる。だから僕にとったらスポーツは睡眠みたいで、作家の精神と並列したスポーツ精神があって……というようなむずかしいものではなくて、非常に生理的なものなんです。だからほかの人とちがうところはちがうのです、そういう点で。

三島　しかしコンディションはあるでしょう。コンディションはかまわない？

石原　それでコンディションを整えるわけですよ。

三島　でもやはり、徹夜して一里も駈けたらどうかなっちゃうだろう。

石原　そうですね。今まで徹夜したことがないから。

三島　そうか。

石原　たいがい四時になったら寝ちゃいます。四時まで起きているとおそろしい気がして、すぐ寝るんです。

三島　僕は非常にそれは最近、大事だということがわかった。年のせいかしら。(笑) 石原さんの出現は、三島を若くないとおもわせたことにおいて意味があるというやつがあるのだがね。（笑）ですから頭脳もやはりある程度の睡眠がなければぜったいにスピードもでてこないね。おなじだとおもう。

石原 僕は頭脳が完全に休息するのは運動の練習か試合やっているときで、寝ているときよりもそういうときのほうが……。

三島 休息する。

石原 完全にものを考えないですね。休息してますね。ちょっとおかしいのかな。

三島 いやそんなことはないよ。だからつまりあれだろう。頭脳が休息しているということは、なんにも考えないということだ。作品でもほんとうに書いているときは考えないとおなじ心境になるもの。頭は動いているが、頭が疲れているときはいっしょうけんめい書いているが、なんにも出てこない。ほんとうに小説を書いていると、運動の快感があるね。のりだしたら非常に運動の快感がある。

石原 けっきょく自分の手が頭のどこかの細胞とおなじような動きかたをするのだろうな。

記者 文学作品とフィジカルな問題の関連は、いまの既成文壇作家では考えている人はあまりいないでしょう。

三島 それを僕石原さんと話したいのだ。

石原 というのは、小説の価値というか、意味というか、それはわけのわからない観念的なものにもどしすぎたのではないかとおもうのですよ。小説のよさとか悪さとか、価値なんてものは、どういうのですか、非常に即物的なものから出て来るのだとおもうのですけれどもね。だから……。

三島 それは作品そのものがだろう。

石原 そうですね。

三島 僕は石原さんの言う意味がわかるが、こういうことではないかとおもうのだな。石原さんが観念性がきらいだということは、芸術の観念性がきらいだということではないとおもう。あなたの作品でも観念的だよ。君はおそらく観念的青春というものをきらったのだとおもう。文学青年の青春というのは、観念的なものだよ。彼らの観念性は性欲の変形にすぎなくて、ほんとうの観念ではなく、ほんとうの思想ではないのだよ。若い者の思想は、あまりありえないとおもう。それは性欲の変形にすぎないのだ。それならスポーツで処理できるし、芸術をわずらわす必要はない。そういうものにあなたはプロテストしているのだろうと、そういうふうに解釈するな。僕もそういうものは非常にきらいだったな。つまり僕は、人間精神だけがね。つまり精神だけで動いていくということを、だんだん信じられなくなったのだね。ことに作品というのは、人間の肉体とおなじようなもので、肉がなければならず、神経もなければならず、内臓もなければならず、頭だけでできるものではないとおもうのだね。

石原　それをなんか妙な観念的な操作とかだけで出来てるみたいに思っている。漠然とした作家精神、そういうものには実体がないのですよ。そういうもので作品というものができてくるというのは、非常におかしな話だ。やはり体の調子のいいときは、いいものが書けるとおもうのですね。

三島　そうそう。

石原　そういうものね。これはこのごろの傾向だとおもうのですけれども、若い時代の恋愛にしろなんにしろ、大人がそのなかに非常に観念性の価値というものをおいているが、恋愛でも文学でも、そういうものの価値というものが非常に即物的なものに変ってきているとおもうのですよ。

三島　なにか精神主義に対抗するものが、あらゆる形でできている。これが、物というものがとても意味をもってきているのだな。人間の肉体も一種の物だし、音楽における音も一種の物だというふうに見られてきている。ミュージック・コンクレートなどあるだろう。電子音楽がある。僕は電子音楽は好きだけれども、非常に即物的なものだよ。音が物の意味をもっていないのだ。電子音楽は機械音しかない。芸術がそういうふうになってきているということはありうるね。しかし石原さん、やはり作品の骨にあたる部分が観念であるということは変らないのではないか。あなたでも。

石原　そうですね。ただ、そういう観念がね、現実に媒介になるものをもってこないで、むきだしにやたらに価値を持たせられて出てくるとうなずけないのですね。それが自分が体を動かした実績から来る実感とか、触れて見た物を通して出てくるならピンとくるのだけれども。だから、ヘミングウェイなら
ヘミングウェイが、一つの行為だけ書きっぱなしたとしても、その行為自体を通して彼の観念というものが出ているわけでしょう。そういうものが屁理窟の言葉ではなくて、実際に彼が触れた生きて動くというものは外へ出てこなくちゃいけないとおもうのですがね。いまの人間の生活感情は、そうなってきているとおもうのです。恋愛にしろ性欲にしろそうですが、なにか漠然と感じたエネルギーではなくて、それを表現するときには、物を通して出てくることが多いのではないかとおもうのですがね。

そういう傾向を自分たちのもっている観念の世界の滅亡のように、被害妄想的にきめつけるのは間違ったことだ。大人の情操というものは、けっきょく自分らの作りあげた社会構造といっしょに育ってないのですからね。

三島　しかしある行為がね、表現に媒介されて芸術にでてくるということには非常な秘密があるだろう。たとえばあなたが作品を書いてね。それとスポーツをやっているときと、どっちがほんものかということはあるね。

ずいぶん問題だとおもうのだけれども、つまりあなたならスポーツで感ずるよう

なものが、全部作品にでているからということだろう。それは表現の問題だ。おそらく全部出てないとおもうのだ。あなたは自分でもそうおもっておりはしない？

石原 出ておりませんね。

三島 出ていないだろう。そこがいちばんむずかしいところだね。人にそれを知らせるということがね。芸術の根本問題はそれなんだから。だから人に知らせうるものと、知らせるのはなんでもないが、自分の体験をある瞬間に、つまり、ホームランならホームランをかっとばした瞬間の人間のある状態を、ほんとうに人に伝達することはむずかしいのではない？

石原 スポーツならスポーツの感動というかそういうものはどうも言葉ではどんなに苦心しても伝わらないような気がするのですがね。けっきょくそういう経験をもっている者が、あるものを読んだ場合には、非常に足りない言葉を通して、つまりそれが媒介となって、共感として出てくるかもしれないけれども、それはそれで呼び覚まされた自分の陶酔がもう一度よみがえってくるだけで、必ずしもその小説から伝わってくるのではない。

三島　似たような経験をもっている人だけが共感する……。

石原　そういう意味で小説なら小説にたいして非常に懐疑的というか、そこまで小説というものは完全ですばらしいものだとはおもわないのですがね。

三島　しかし、足りない材料でやっているのが小説家ではないか。言葉は足りない材料だよ。映画ではもっと雄弁な材料があるでしょう。映画でジョン・ウェインが馬のうえでパンパンと人を倒す。そのときにシネマスコープを見ているものは、ジョン・ウェインとおなじような快感を味わう。それは芸術ではない？　言葉という足りない材料でいかに表現するかということが芸術ではない？

石原　小説には読む者のイマジネーションが働く余地があるわけですね。

三島　余地がある。人間だからぜんぜんわからないということはありえない。あなたの感じたことがぜったいにわからないということはありえない。

石原　それはそうです。ただ、またぜったいにわかるということはないわけでしょう。

三島　ぜったいにわかるということもないわけだが、そこであきらめないのが文学ではない？　もしほんとうにわからなかったら書かなければいい。

石原　それはたしかにそうだ。僕がそういう点で絶望しきっていたのだったら、小説を書きませんよ。

三島　そうして行動家の一生というものも、あるのだからね。ただ書くという作用は、不自由なんだ。あらゆる点で不自由なんだ。だからおもしろいのだな。

石原　それはけっきょくおかしな例になるが、不自由さをもってやりながら、どれだけ伝わるかわからない感動なら感動を、小説のなかで伝えようとすることはけっきょくひとつの賭けみたいなものですね。瀬戸物を焼いているようなものじゃないかな。

三島　なにが出るかわからんということ……。

石原　自分はわかっていても、僕の作品が読まれた場合、人によって全く違うとおもうのです。

三島　そこで知的なものが動きだすのではない？　あなたの感じたものをどうして人に伝えるか、そこに知性がはじまるのではないか。それは賭博などというものではない。計算したあげくに、なにか出るかもしれない。計算では測りきれないけれども、ギリギリまで計算するわけだ。僕はやはりどこで知的なものを放棄するかということが、芸術家になるかならないかの、岐れ目だとおもうね。あらゆるところまで、知的に押しつめていって煮つめていって、どこでそれを放棄するかということは、要するになんでもそうだ。それを大事にしていたら、そこでなんにも出てこないから、捨てることだね。それから先はやはり文学でも行動の世界だと思うな。

石原　その知的なものを、どこで諦めるかということは、どういうことですか。けっきょく言葉というようなことに関係してくるわけですか。言葉の不自由さということに。

三島　言葉の不自由さに関係してくるが、つまり不自由な言語であらゆる計算をめぐらして、それに値する結果ということね。自分で責任をもって、最後の一点では責任をもてない部分であるから、それから先がやはりなにか行動と似たものだね。そのなんというか、そこまで責任をもたなければ、ぜんぜんだめだよ、そこまでは。

石原　けっきょくそれは自分が作品をなぜ書いたかということになるとおもうのです。

三島　少し話題を変えるけれども、ゴンクールの日記にこういうことを書いてあるのです。フローベルがある人にこういう質問をされた。あなたはいかなる光栄を求めるか。するとフローベルは、私の求める光栄はただ一つである。道徳紊乱者の光栄だといったそうだ。そういう点では石原さんもちょっと光栄に浴しているかな。（笑）

石原　道徳紊乱ですか。

三島　うん……。

石原　出てくる反応がぜんぜん逆なんで、逆に感心して……そういうこともあるのかとニヤニヤ笑っているけど、不用意にモラルというような言葉を使ったからだが、遠藤周作氏が、あの作品には抵抗がないというようなことをいってますが、抵抗も対象があるから抵抗というので、僕が共感を感ずるああいう人間たちには、抵抗しているという意識は全くないのです。抵抗されているという大人たちに対しては、非常に無関心ではないか。それがかえって気になって、大人は取残されたような気がするから、あわてて呼び戻すというようなことだと思うんです。言い換えればあれは悲愴な自惚れだと思う。抵抗されていると思っている人間たちだから、モラルを紊乱したと言うけど、そう思うのは、既成モラルを狂信している人間だけで、若い世代には別にそういうものを、かきまわそうというつもりもない。——ただ、無意識にああいうことをしていることによって、いまにその人間は新しいものをつかんでいくと思う。非常にナイーヴな生活感情のままにですね。

三島　無意識なリアクションが……。

石原　動いているところにおもしろさがある、とおもうのです。このあいだジェームス・ディーンの「理由なき反抗」ですか、あれなんかも非常にあのラベルのはり方は、大人の自惚れだとおもうのですね。大人がもっている価値概念というものと、ああいう世代のもっているものが違うでしょう。価値の置き方がね。所謂大人はそういうものに注意を払おうとしない。アメリカ人の話していることを理解するには、英語を学ばなければならないと同じでね。それをなにかブロークンなカンだけで理解しようというのと同じで、そういう価値概念のギャップはあると思うのですね。ただああいう年代の悲愴さというのは、けっきょく自分なんかは無関心でおいてきた、価値のシステムに変るものをつかんでないでしょう。そういうものをまだ……だからへんなところでとんでもなく古くなってみたりね。

三島 ちょうど僕があの年代からいままで出てきた時代は、価値が崩壊している時代のプロセスに立会ったわけだよ。だから僕などは価値崩壊に興味はあったし、道徳紊乱者に興味があった。まあ崩壊しつつあるものに手をかすことは、よいことだという確信があった。あなたは崩壊しちゃったあとに出てきたし、崩壊しちゃったあとの生活感情をもっている。しかし作品というものは、ここにあるわけだ。その作品が一つの価値であるためには、どうしたらいい？　自分の書くものが。

石原 それはね、けっきょくそういうものの価値というものを認める場合にね、僕が扱った年代というものの価値の置き方は、大人の価値の置き方と違うのですよ。また一方から見れば大人がもっている価値判断は、僕の世代から見れば価値を置いたことになっていないのだな。非常に見当外れなね。また大人から見れば若い年代が僕に寄せてくれた共感というものは、訳がわからぬと思うのですよ。けっきょく三島さんがいわれたけれども僕はやはり僕と同じ世代といっしょに寝ていたいね。だから、〝快楽論争〟もよいけれども、ちっともありがたくないですよ。

三島　それはよくわかりますよ。あれでありがたかったらたいへんだよ。

石原　ぜんぜん他人のことを聞いているような気がして、見ているのですがね。

三島　僕はしかしもしあなたがいまの価値を認めないという考えで、あなたがいるのなら、それは一種のあなたの美学だとおもうし、それもあなたの価値体系だとおもわざるを得ないね。人間などはそんなに無価値を信じて生きているわけには、いかないよ。それならさっさと死んじゃったらよいのだ。あなたでもやはり価値を信じているのだ。そういうものがあなたの原動力だろうしね。

石原　三島さんがいわれたように、本来新しい価値というものを信じきれたら、あんな小説は書かんですよ。信ずる信じないは意識的操作だが、なにかそういうものに、動物的信頼というものをおいて、生きている人間は、そういうものに対して反省もしないし、ナイーヴな生活感情で動いているだけでしょう。僕はそういうものには反撥を感ずるが、反面ひかれるのだな。けっきょく僕自身が大人がもっている価値体系を捨てきれてないのでしょう。非常に中ぶらりんで反撥を感じながらも、魅力を感じて小説にしちゃうのだけれども。

三島 それは盲目的なものは魅力があるからな。あなたはそれを見ているから、盲目じゃないわけだ。すでに……。

石原 ただ僕はああいう行動性というか、ああした生活感情というようなものは、唯、あれだけのものではなくて、もっとほかの面で意味があると思うのですよ。それはインテリならインテリの現代的行き詰りというものに新しい次のディメンションを開くための、大きな手がかりになるとおもうが、ただあれと同じ生活をしているからどうということはない。ただそうしたきっかけで次にどんなものが開けてくるかわからないのですが。きのう中央公論で若い学生と話し合ったが、彼らインテリですから、けっきょく同じことをいうのです。ああいうものに対して共感を感ずるが、あれが手がかりになって、どういう点で次のディメンションが展開していくかわからない。ただわからなくても、とまっていてはいけないということだけは、わかるというのです。だから次の局面というものが開けたとき、はじめて価値体系の体系らしいものが、できてきたときだとおもうのですがね。それがどっちの方向にいくかということは、ちょっと見当がつかない。

三島　そういう一種の過渡期の思想というものは、昔からあるのだね。謡曲などによく出てくるのだが、「前仏（釈迦）すでに去りまして後仏（弥勒）いまだ現われず夢の中間に生れきて」などと言っている。現在はいつも中間的存在ですね。絶対の真理に到達できないという、思想は、昔からあったのだ。

つまりそういう過渡期的な思想を、作家がどう造形するかということは、日本人はね、いままでやっていないのではないか。二葉亭の「浮雲」などというものはあるが、「浮雲」以来ほんとにやってない。

石原　ただ三島さんなどのころは、一回倒されたものにかかっていく、要するに道徳紊乱者というか、それのおもしろさがあったわけでしょう。

ところが今の僕らにはやっつける対象がないのだな。そうしたものには無用心なんだ。つまりいまの世代には跳び上るために蹴る板がない、ただ墜落感だけがあるとおもうのですよ。

三島　ところがそれは、僕はそういう問題もあるし、もう一つは日本および日本文学にほんとうにオーソドックスがないということと、関係があるのではないかとおもう。もし日本にバルザックがいたら、ファイトが出るよ。それを倒そうという気がある。バルザックとまでいかなくても、ジイドがいてもね。でも僕は、そういうつまり青春の思想を——青春の思考がどこで作品につながるかということは、いつもおもしろいとおもうのだけれども、それが、それといっしょに滅びてしまうなら現象にすぎないよ。あなたがあれと称するもの、あれといっしょに滅びたら現象にすぎないが、滅びないことが……。

あなたは作家だろう。ゲーテのロマン派体験の場合にはゲーテのウェルテルは自殺しちゃうのだ。そしてゲーテ自身は生き返る。あなたの「処刑の部屋」でも、主人公は恐らく助からんだろう。そういうものであれは生きているのだよ。そこで作品がどうしても出てこなければならないのだね。だから太宰を僕がきらいなのは、一つの時代といっしょに死んじゃったということが、いちばんきらいなんだよ。

もっと人間というものは、永続するものだという確信を持つことね。それが文学だとおもうね。平凡な議論だが。

七年後の対話（一九六四年）

七年間に何が起ったか……

三島　この前石原さんと対談やったのが七年前の昭和三十一年の春の「文学界」でしたね。そのときに、今でもおぼえているけど、あなたに文壇の連隊旗手を譲って、今度から旗手になってほしいといっていたわけですよ。七年たってつらつら考えてみるのに、もう軍隊は解体しちゃって、われわれ二人とも復員兵になったんじゃないかという感じがする。その七年の歳月たるや、あなたも僕もいろいろ辛酸をなめて少しおとなになったんじゃないですかね。

石原　私は辛酸をなめましたけど、三島さんは巨匠になりおおせたんじゃないですか。

三島　冗談じゃない、軍隊がなくなって、どうしてそういうものがあり得ますか。それを僕はきょう開口一番いおうと思って楽しみにしてきた。決してからかう意味じゃなくて、石原さんの経過してきた年月は、ある意味で僕の七年間よりふしぎな七年間ですよね、あなたが象徴している……。

石原　僕はそのときに三島さんにいわれたことをもう一つおぼえているんですがね。君は文壇に来たまれびとで、ただの人間になってしまうか、まれびとでいるかというとなんですけどね、僕はまだまれびとのつもりです。いいにつけ悪いにつけ。

三島　でも、半ばまれびと、半ば……そこはつらいところですね。あなたの最近の作品で「死体」というの非常に感心したんだけど、僕も平野謙流に昔を思い今を思って感慨にうたれたのは「太陽の季節」は障子を破る話でしょう。今度「死体」で非常にいい作品を書くというと、あなたの中で何が起ったか、障子を破るものから死体までのあなたの心の中に何が起ったか、その七年間というもので非常に感じましたよ。何かが起ったに違いない。石原さんの中で何かがこわれたともいえるし、何かができ上がったともいえるしね。

石原 死体も障子も同じようなもので、非常に大きなものができつつありますがね。ただ僕の最初のは非常に風俗的な問題になりましたけど、たまたまああいう形で現わした文学的問題が、七年の間に下意識にあったものがはっきり意識の中に現われてきたりしたものもあります。でもあのときに書かれていた問題が時粧の上でもちっとも色あせてないですね。だから一向に新しい旗手が出てこないのはあたりまえだと思うんです。

三島 死という問題、あなたにはじめからあるんだよ。ただ時代がどっちのほうへひっぱっていくかという問題がありますわね。いやでも応でも生のほうへひっぱっていく時代か、いやでも応でも死の主題が強く出てくる時代か。

石原 七年間にいろいろあったのは三島さんのほうじゃないですか。僕は三島由紀夫に関して熱心な読者だけど、七年の間に三島さんの小説は非常につまらなくなって、またこのごろ非常におもしろくなって、何かあったんじゃないですか。

三島 子供が生まれただけだ。なんにもないですよ。でもこの七年間って、あなたは知らないけど、まれに見るつまらない時代じゃない？　実につまらない時代だ。

小説は人生を料理するもの

記者 きょう選挙しましたか？　いまは昔の文士の政治的無関心というのと違うでしょう、かなり内容的に。

石原 僕は自分の政治的一つの方法論みたいなものを持っていて、非常にネガティブなものではあるけど、それでもなお投票していました。だけど今度ははっきりした行為として棄権しましたね。

三島 あなたなんかこの七年間に政治家のなまものをだいぶ見たでしょう。

石原 見ました。

三島 どうです、なまものもつまらないんじゃないですか。

石原 つまらんですな。

三島　僕はヴァレリーの「芸術の政治学」じゃないけど、芸術という精神構造の中での政治学というのは一番興味があって、そういう政治というものにはますます興味をもつようになった。それは作品の構成にも関係してくるし、人物描写、人物の対立関係、全部関係してくる、小説家としてね。小説中の登場人物が政治的関係をもたないとつまらなくなってきたね。それは広い意味の政治ですがね。ほれたはれただけじゃつまらなくなってきた。

石原　人間がほれたはれただけじゃつまらない、広い意味での政治性をもった人間のほうがおもしろいというのは、つまり三島さんが過去に非常に信奉して抱いていた三島世界に対する訣別の辞ですか。

三島　そうでもない。それも石原さん流にいうと、初めから持っていた主題が潜在していたのが出てきたらしいんだね。戯曲を書くということもその一つだろうけどね。

石原　三島さんさっきおっしゃったことで小説の効用というものを考えるようになられたんですか。

三島　いや、僕は小説のことをあまり考えないことにしたんですよ。大体考えないで書くというふうになっちゃった。

石原　でも小説というのは自分の社会的な方法という意識は前よりもこのごろのほうが強くあるんじゃないですか。

三島　そりゃ僕は「仮面の告白」以来、小説というのはやっぱり人生を解決する、あるいは人生を料理するものだという考えが抜けないね。どんなに唯美的に見えても、その小説が何か作家の行動であって、一種の世界解釈だという考えは抜けないね。ほんとうに生きるということと同じなんだから、それは唯美的に見える作家のほうがかえって強く持っている考えであるかもしれない。ほんとうの意味のつめたい客観性というものは持てないですよ。

石原　僕のいっているのはそういうことと違う次元でのことなんですけど、小説を書くにはコミュニケーションというものをどうしても考えざるを得ないでしょう。

三島　読者とですか。

石原　読者というよりも、もっと大きく人間とか、歴史とかいうことですね。

三島　あんまり考えない。自分だけの問題ですね、ほんとに。

石原　それはものすごくうらやましい。だけどうそだと思うな。(笑)

三島　そうかねえ。

石原　僕は今でもおぼえていますけどね、昔新潮社が署名の会を大丸でやったんですよ。僕は一冊しか本が出ていなかったんですけど、三島さんは何冊もあった。僕が何曜日かにあたったら、三島さん非常に気にして見にきて、おい何冊売れた、おれの方が売れてるぞって、ずいぶん気にしていたけどな。(笑)

僕は一つの小説の効用、社会的方法としての小説を信じますね。でも三島さんはそう信じない作家だと思うし、三島さんは自分でいつもそうじゃないとおっしゃっている。だからいつもいうんです。三島さんがどんないい仕事をしてもちっとも気にしない、あんなものこわくないって。

三島 でも石原さんの作品を見てわかるのは、結局人間同士の連帯感というものへのあなたの最後の夢があるんだよね。そういう夢は、それこそ政治でもできることかもしれないし、実業でもできることかもしれないし、文学でもできることかもしれない。だけど文学だけという連帯感というのは特殊なものだと思いますね。ほかのもので絶対できない連帯感だ。それは何だというと、言葉しかないんだよ。そこに窮鼠かえって猫を嚙むような文学者のやり方があるんだよ。あなたの夢は美しいと思うけど、その夢をどこで捨てるかだな。

石原 そうかなあ。僕はだけど政治にも科学にもいろんな分析があり、発見があり、一つのコンストラクションがあるけど、しかし文学が与える分析とか発見とかそういうものが、やっぱり人間というものを一番自主的に深いところで捉えてつなげるんじゃないかなあ。ただ文学というのは卑俗な面でも、つまり政治をやっていると同じような面でもつなげるものを勿論持っているでしょう。

三島 そりゃそういう要素もありますよ。小説はことにそういう要素がありますね。

石原　どうしてそういうものを小説家って認めないんですかね。

三島　日本人というのは結局純粋主義なんだよ。方法も純粋なら、目的も純粋、でき上がったものも純粋というものしかよくわからないんだよ。一例が、堀田善衞さんの小説であれなんかはある意味で純粋主義の反対で、あいまいさと不決断のかたまりみたいなものだからね、こういうものが日本人にわからないというのはよくわかるんだ。

石原　しかし堀田さんは自分でそういう純粋なものを抽出できないだけじゃないですか。

三島　いや、それがもっともっと大きくなるとワグナーになるんだ。

石原　ワグナー的混とんとは全然違うと思うな。ワグナーの混とんはそのまま才能だけど、堀田さんはちょっと違うんじゃないかな。

三島　ところが武田泰淳なんかわれわれは混とん的作家と思って一応尊敬しているんだけど、彼も一種の純粋主義だよ。そういう点で日本人の心に触れている。どんな小説にしたってそうですよ。僕も仕事をしても、ちょっと純粋主義をはみ出そうと思ったらば、すぐやられちゃいますよ。

自意識で破滅しない作家

石原　全然今の問題と違いますけどね、僕は小説を書いていて、いつも感じている焦躁感、絶望感みたいなものがある。それは「太陽の季節」はたまたま実際あった風俗というものをとらえていたので、その媒体で読者というか、社会から遊離したところでとまらずに、つながってくっついたでしょう。だけどもその他の作品では自分が感じている一つのクライメートみたいなもの、志向している風土とか感情とかいうものが日本人とか日本の社会に永久に合わないいんじゃないかというような感じがするんですがね。

三島　僕は日本の作家はみんなそうだと思いますね。自分は日本に合わない、そして日本人に合わない……僕だってそれは感じます。だけど日本人なんです。そしてその問題で一番悲劇が横光さんだと思うんです。どうも自分の資質は日本人に合わない、日本文学の伝統に合わないと思っているうちに「旅愁」を書いたわけだ。ところがこんな日本人の欠点のよく出た日本人的な小説はないよ。僕たちは合わない合わないと思っているうちに日本人であるということでね。作家でそれで一生迷っているのはいやじゃないか。どっかであきらめなきゃ……おれも日本人だというので。

石原 僕は仕事をして、自分をぬきさしならず支配している日本的な感情風土、精神のクライメートというものがあるということを感じますよ。また同時に日本の小説家はそういうことにもあまり無関心というか、そういうものを発見してないなあ。

三島 おそらく横光さんがそれ、一番ぶつかったんじゃないかな。そして失敗したというのは貴重な失敗だけどね。あれを前車の轍を踏まないようにしなきゃならない。こわいことですよ。日本人はあんまり日本人という問題を考えちゃいけないんだよ。そうすると結局えらいことになる。私は日本人だと思っていれば、そんなこと問題にになり得ないような問題だから、おれはそうすることにきめた。何をやるんでも日本人だと思っている。

石原 三島さんは昔「小説家の休暇」の中で、日本のかかる文化的な混乱こそ真にインターナショナルな新文明に対する最も前進した母体だというようなことをいわれたでしょう。あれ僕は反対なんですよ。非常にオプティミスティクな方便的な文化論だなと思う。そとで講演するときは全部それをマクラにしてやる。（笑）

三島　おれの知らないところでいろいろやっているらしいな。

石原　桑原氏なんかもそういうことをいっているけど、ナショナルとか、インターナショナルという言葉は、ちっぽけな感じがしてそういうものをきちっときめてかからないと、いつまでたっても要するに無秩序な……秩序のある混とんと秩序のない混とんみたいなものがあるでしょう。秩序のない混とんだと思うな、僕。

三島　でもその混とんにまるごと挑戦しようと思うのはむりだね。みんないろいろやっているけど。

石原　三島さんも「鏡子の家」で失敗しましたね。唯一の成功したのは僕だけですよ。

三島　君のそういう単純なアレもだんだん聞きなれるとこわくなくなってくるわ。（笑）一説によると、石原慎太郎と林房雄ととても似ているという説がある。

石原 いや、三島さんがいっていたようだけど。(笑) そんなことないなあ。

三島 僕は林さんというのは非常に好きだけど、石原さんも好きですよ。そういう何かふしぎなところが似てるというんだ。自意識において破滅しない作家というものの典型だよ。自意識において破滅する作家は太宰治みたいなのをいう。こういう作家は嫌いなんだから、自分はそうありたくないと思っているでしょう。あなただの林さんは好きですよ。それはこの人たちはどうほうっておいても、どんなにいじめても、自意識の問題で破滅することはない。それは悪口いえば無意識過多ということになるよね。(笑) 僕はそういうふうにはいわないよ。しかし林さんの問題ってそこにあると思う。小林さんもぶつかった問題だし、だれもぶつかった問題だけど、自意識というものがどういうふうに人間をばらばらにし、めちゃくちゃにしちゃうかという問題にぶつかったときに、耐え得る人と耐え得ない人があるんだね。梶井基次郎みたいに病気で死んじゃえば簡単だよ。だけど人間みんな生きなきゃならないんだから、どうしても勝たなきゃならない。絶対生きられる人っていいじゃないですか。

舟橋聖一さんなんかもそういうところあるね。これは全然別の形だ。しかし彼も亦自意識において破滅することはないですよ。谷崎さんもそうかもしれない。ただちょっと異色は川端さんでね、こんな自意識の問題をすれすれまで行ってよけて通った人はいないんじゃないかなあ。いつも一歩手前なんですけど、破滅しないいんですよ。

マスコミというのは観念

記者 石原さんの文学は、三島さんだってそうだけど、たとえばだれと似ているという人はいませんね。全然違うような気がしますよ。つまり小説を書くということはほんの何分の一かじゃないかという気がする。生きていくことの上で……。

石原 それは違うな。

三島 そんなことない。一生懸命ですよ。それは非常によく感じますね。

石原 ただ僕はほかのこともしながら小説を一生懸命書こうと思っているだけで。でも小説だけ書いたら自分がダメになっちゃうというのかしら。僕は二十八才まで背が伸びていたんですよ。だから五十になり六十になるための自分の栄養とかそういうものを今でも蓄えてないとね。三島さんみたいに卑小な肉体じゃないからね。

三島 裸になって比べよう。いつでも比べますよ。洋服着てちゃわからない。

石原 つまり三島さんは自分というものをそういうふうに武装したり整えたりするのにボディビルですすんじゃらうけど……三島さんって生れる前から自意識をもった人だから。僕はそうじゃない。ヨットレースへ行ったりよけいなことをするのは、小説を書くために、文学に利用するためにという決してそういう意識じゃない。もっと文学以前の生理生活の欲求です。たとえば劇場のことだって、僕はなにも重役にまでなり下がってやることないという。しかし演劇に関して、もう少し自由な自分の状況みたいなものをつくらなきゃいけないし、日本では自分でやらなきゃだれも変えてくれないもの、しようがないから僕自身がやっている。これは三島さんのためにもやってるんですよ。

三島 あなたが一生懸命だということは、僕はあなたに対して終始一貫感じていることだよ。だけど世間は必ずしもそうは思わないね。それは日本の社会というものだよ。

ほんとにそう思う。日本の社会というものは、一つ事をやればいくらルーズにやっても一生懸命だと思っている。そして幾つものことをやれば一生懸命と思わない。

石原　週刊誌を見たら、好きな人と嫌いな人というのの僕は両方ともベストテンに入っているので笑っちゃった。語るに落ちるな。もっとも光栄だけれどもね。

記者　今石原さんの仕事のしかたで出たけど、三島さんはいわゆるジャーナリズム、マスコミを相手にしていないわけでしょう。自分のペースで……。

石原　いやいや、こんなにマスコミを意識して、しかも見事にそういうものをひねりつぶして、つまり自分のペースを保っている人っていない。僕が出発したときに伊藤整氏が、たくさん小説家がいて全部相手にし切れないから、大事な人間だけ五人か十人マークしなさいといった。非常にいいことだと思って、自分でリストをつくって、消えていったり新しく加わった人間もいますが、三島さんっていつも私のベストテンにいますよ。(笑)本人を前に置いていうのはくやしいけど、三島さんをほんとに尊敬するのは、やっぱり見事に自分をコントロールしていますよ。そして自分のペースを知っているし、それが単にストイックな態度というんじゃない。一つの見事な才能だと思う。

三島 山師なんですよ。

石原 そんなてれなくていい。いくら悪ぶったってダメです。

三島 マスコミという観念がおかしいよ。石原さん以後に出てきた作家って観念に振りまわされて、マスコミというものがあるんだ、なんかいうものがあるんだという観念がある。だけどそれは頭の中の映像にすぎないよ。マスコミなんてなんにもありゃしない。そのないところでどうやって徒手空拳でやっていくかということだろう。ないものはないとしておけばいいじゃないか。あると思うからいろんな問題が起きるんでね。

石原 だけど、ないとは絶対にいいきれないし、あるとも絶対にいいきれない。それをあらしめるかなさしめるかということは……。

三島 マスコミってのは完全な観念だと思うな。

石原 そういうとほんとに観念だな。実体じゃないと思う。宇能鴻一郎なんて才能があったのかなかったのか今でもよくわからないけど、あの人なんかそういうものを一番実体的に感じちゃってしぼんじゃったでしょう。

三島 そうでしょう。相手を実体と思ったら、もう振りまわすこともできなければ、それを利用することもできないんじゃないか。われわれはたとえばNHKのビルの前へ行くと大きなビルだと思って感心する。ところがあれはただコンクリートのかたまりで、中に人間がいるだけだ。そして小説家の目はほんとうは人間しか見えないはずなんで、コンクリートのかたまりなんて見えるわけはないはずなんだ。だけど世間の見方というものはコンクリートが先に見えちゃうんだよ。ことに新人作家はコンクリートが見えてから物事を始めるからあぶないよ。

記者 次の旗手が出ないというのはそういうところにもあるかしら。

三島 軍隊が崩壊したんだからね。われわれは昔の軍服着てやみ市をうろついてるところですよ。石原さんも復員軍人。あんたと会ったら日露戦争の話でもしようと思って来たんだよ。（笑）もう戦争という観念は危険はなくなったし、有毒でもないし、有害でもないと思うね。水素爆弾なんてできちゃったんだからね。そういうものを危険だと思っているのは、左翼のごく保守的な人たちの考えだね。僕たちはどんな有害な思想をもってきたって、水素爆弾にはかなわないから大丈夫だよ。

石原 僕はやっぱり思想は今日でも有害であり得るし、同時にまたすべてを変え得る、と思うことにしてます。だから一生懸命他人にくっつこうくっつこうと思って、文学もその方法だと思ってるんですよ。

三島 でも夢がある間はほんとうに有害な思想は出てこないよ。

石原 夢は僕はないですよ。それが夢かな。もっとせっぱつまった願いだけどなあ。

三島 夢だよ。出てくるよ。あんた、僕にとうとうくれなかったけど「日本零年」あれ「文学界」で読んだところによると、まだ夢ありますよ。でも石原さんは僕より徹底している。僕は先輩には本の贈呈もするけど、石原さんはくれない。

石原　これから贈ります。

歌舞伎はどうにもならないか

三島　小説家がおれの小説を読むなんてのは軽蔑しているわけですね。おれには日生劇場があるんだぞ。（笑）

石原　チクショウ。

ところで、僕は歌舞伎って知りませんけど、もっとどうにかなると思ってるんですがね、いろんな人が書けば。

三島　どうにもならないですよ。僕は自分でやってみてそう思いました。

石原　役者が悪いんですか。

三島　役者一人の罪じゃないでしょうね。どうにもならないです。

石原 つまり歌舞伎が興隆した、新作がどんどん出てきたころのようなものは全然望めませんか。

三島 絶対望めませんね。僕はそれはたびたびいっていることですけど、役者に形式意欲が不足しているんですよ。役者自体だけの罪じゃない。それは時代全体の罪だけど、つまり歌舞伎役者の使命はなにかというと、一つの台本を、どんなくだらない台本でもいい、この台本をつかまえたら、それに形式美なり様式美を与えることですよ。それがなくなって歌舞伎というものはある意味では死んだんですよ。

石原 それはやっぱり三島さん的な解釈でね、歌舞伎というものは様式美でも何でもないと思うんですよ。やっぱり芝居の一つなんだからもっと劇の発生ということをすなおに考えてみればいいんじゃないかしら。日本の芝居も西洋の芝居も同じじゃないですか。

三島 それを徹底的にやったのは六代目菊五郎ですよ。寺子屋の松王みたいな古いものでも、黙阿弥の世話物でも徹底的にそれをやってみた。やってみて六代目の業績というものは結局今古典的な部分しか残っていない。つまり舞台で行儀よくするとか、いやなことをしないとか、必然性のない演技をしないとか、そういうことだけ残しちゃった。もうそれしか残らない。

石原 そのときに作者がいなければダメでしょう。

三島 もう作者もいらないんじゃないか。古いものをやってればいいんじゃないですか。

石原 そうかなあ。僕はやっぱり六代目の時にいい作者がいたら、ほんとに高度のワンエポックをつくったんじゃないかと思うんですがね。

三島 僕は日本人を考えてもっと問題が大きくなりますがね。いろいろな時代時代で一つのジャンルがだんだん発展していくと、そのジャンルの形式的完成ということをまず心がける。それが成就されると、あとそのジャンルは死んじゃう。外国では死んでなくなるんだけど、日本では完成度のまんま残る。そして何年も何年も残っていった。お能がそうだし、歌舞伎がそうだ。それから小説はどうだろうかという問題になると、小説は明治で一応とぎれて、小説というものの新しいジャンルが日本に入ってきた。日本人の感情は小説というジャンルが入ってくると、そのジャンルに注目して、そのジャンルの形式的完成ということをまず考える。自然主義とかなんとかいろんなことをいうけど、結局小説というもののジャンルの日本的な形式の完成は何だろうかということをみんなが考えるわけだ。そしてそれがまだできたところまでいかないのが、われわれが小説を書いている理由だよ。いつかそれができたら、日本人は小説を捨てるだろうね。小説というものはまた型で繰り返されるようなものになっちゃう。

石原 僕はそう思わない。

三島 日本人の芸術理念ってそうだよ。そうしてそれを残すというところが日本人だ。

石原 それはしかし明治以後もそれ以前も同じですか。

三島 同じだと思うね。お能だってそうだしね。

石原 それは、日本の文化なるものはどういう形で過去につくられたかということに問題があるんだけど。

三島　というのは、日本人というのは方法論がないかわりに、無意識の形式意欲がある。無意識の形式的完成に対する日本人独特の感覚的な厳しい意欲がある。そしてある新しいものが入ってくると、日本人は無意識にそれを形式的にキャッチしようと思う。それはみんな文芸批評家や文学史家がある意味で見逃していることであって、内容的なものは日本人には本質的なものじゃない。自然主義運動と一トロにいうけれども、自然主義運動は何だ、私小説運動は何だというと、小説という新しい形式をいかに咀嚼し、いかにこれを形式的に完成するかという努力なんだ。それは、小林秀雄氏がフォルム、フォルムとしきりにいうけど、日本人の直感的なものだね。どうしてもそういうものがないと日本人は満足しないんだから。

日本には劇がない

石原　常に日本人がそういうふうにものをつくって考えていくというのは、態度がパッシブだということでしょう。

三島　いや、形式意欲って決してパッシブじゃない。

石原 そうかな。根源的なところではパッシブじゃないかしら。日本の文明ってのはいつも他与的だ。つまり三島さんなんかは日本人のオリジナリティというものに対する非常にネガティブな観念があるというわけですね。僕はそれはいちがいにはいいきれんと思う。そういうものがわれわれの肉体的な伝統の中にあるのならば、そういうものを変えなきゃいけないし、そんなものをいつまでも踏襲してもしようがないと思う。

三島 変えるなんてことができますか。

石原 うん。僕はそういうときに日本人というものは個々人の肉体というものに対する精神をもう少し変質すればいいんじゃないかと思うんです。自己の肉体に固執すれば。そういうところからじゃなかったら、日本人のオリジナリティは出てこないでしょう。

三島 でも昔小説家はビフテキ食えばバルザックみたいになるというので、僕はそれをけんけん服膺して一週間に五回ビフテキ食っていて、なんにも効果がないもの。(笑)

石原　そうじゃない。肉体というのはボディビルの肉体じゃない。(笑)肉体的な存在感というか、そういうものが日本人には稀薄すぎるな。

三島　そりゃ仏教の伝統もあるし、なにもあるし、この世は仮りの住まいだという考えがどうしても抜けないからな。

石原　確かに日本人は様式の完成に対する執着ってありますね。日本の文明の伝統はそういうものは全部つくってきたし、現在でもそういうものはあるし、だから現在の小説は非常に繁栄しても力がないのはそういうところだと思うんですよ。

三島　力がないかどうか知らないけれど、少なくとも弁証法的な発展はしないんだ。つまり形式を完成して、次に内容というふうにいかない。形式だけできればほんとうに最高のことですよ。

石原　大岡さんなんかそういう点で非常に成功した作品がある。

三島　そうですよ。大岡さんの作品は非常にりっぱな形式的に完成した作品、そこが重点なんで、大岡さんのねらっているものと違うかもしれないんだよ。

石原　僕は日本の文学なり芸術に対して、それほどペシミスティックじゃない。歌舞伎なら歌舞伎というものは変えられると思いますね。

三島　僕は絶対に思いませんな。

石原　だって過去に南北でも黙阿弥でも出てきて、変ってきたわけですからね。

三島　かってはありましたけど。

石原　何でそれが今も出得ないんですか。

三島　言葉の問題もあるし、それから歌舞伎という本質的な精神がもうなくなっていると思うね。

石原　本質的な歌舞伎の精神とか新劇の精神は知らないけど、僕は劇がすなおに劇であれば、そういうものはもう一回よみがえると思うけどな。

三島　僕は新劇は新劇なりに芸術的完成だけをねらってきて、それでもう終ったものだと思いますよ。

石原　つまり新劇でも歌舞伎でもひっくるめて、日本の劇界に劇がないですね。

三島　劇がないということは、ほんとうにハラを打ちあけてぶつからないということですね。実に芝居のセリフを書くときにそう思うね。ほんとうにポレミックを芝居のなかでやろうとすると、日本人の場合うそになっちゃうね。

石原　芝居を見にくる客ってやはり劇を求めてくる。劇というものは人間の生活の中で一番ハイボルテージなものでしょう。容積が少なくてもね。

守るべきものの価値——われわれは何を選択するか(一九六九年)

どの自由を守るか

三島 石原さん、今日は「守るべきものの価値」について話をするわけだけど、あなたは何を守ってる?

石原 戦後の日本の政治形態があいまいだから、守るに値するものが見失われてきているけど、ぼくはやはり自分で守るべきものは、あるいは社会が守らなければならないのは、自由だと思いますね。

自由は、なにも民主主義によって保証されているものではないんで、ある場合には、全然違った政治形態によって保証されるものかもしれない。しかし、われわれはどんな形の下であろうと、自由というものを守ればいいんです。僕のいう自由というのは、戦後日本人が膾炙してしまった自由と違って、もっと本質的なものです。

三島 でも自由にもいろんな自由があるからね、どの自由を守るか。たとえば三派全学連はやはり彼らも自由を求めていて、彼らが最終的にほんとの自由な政治形態、自由な社会をつくるんだと主張しているわけだよ。自由は人によってずいぶん違うから、そこが問題じゃないですかね。もし、あなたが自由と言えば、それはやはり米帝国主義か、日本独占資本主義か、自由党政権下の自由であるというふうにやつらは規定するだろう。その自由を、つまりやつらとどう違うんだということを説明しないと、自由というのはわからないんじゃないかな。

石原 ぼくの言う自由はもっと存在論的なもので、つまり全共闘なり、自民党なり、アメリカンデモクラシーが言っているもののもっと以前のもので、その人間の存在というもの、あるいはその人間があるということの意味を個性的に表現しうるということですね。

三島 言論の自由ということですか、言論、表現の自由。

石原 言論、表現ももちろん含めてです。そういう自由を許容しやすい社会というのは、相対的にながめればやはりコミュニズムよりも、民主主義という政治形態のなかのほうがありうるとぼくは思いますね。それすらも非常に制約があるということで、全共闘の学生たちは既成のエスタブリッシュメントを見てこわそうとしているわけでしょうけどね。彼らは非常に生理感覚が鋭敏で、この時代のうそ、ぬるま湯みたいな民主主義のうそを拒否していることは共鳴できるんですけど、ただ、日本の学生運動を評価できないのは、そのほとんどが容共というか、歴史的に、社会科学的に、自由への制約が強いことがあかし立てられている。共産主義の方法論で自由を求めようとするところが、実に陳腐で、保守的というより、退嬰的だと思うんですよ。だから、ぼくは日本の学生運動というのを認めないんだ。

三島 ただ自由の観念が、たとえばアメリカというのはベトナム戦争中におけるアメリカを評価すれば、あの長い戦争の経過で言論統制をしなかったこと。反戦運動は起こるわ、反体制的な新聞は出るわ、あらゆることをやってきて、戦争をやってきてまだやっているんだけれども、言論統制をやっていないことはえらいと思うんです。あれをやったらアメリカはもう意味がないですね。

チェコも結局、言論の自由の問題です。それでは言論の自由を守るのには代議制民主主義という政治形態が一番いい、とすると、われわれは言論の自由を守るために闘うのであって、ソビエト、ないし中共、ないしその他の共産主義社会では自由は守られないから、これに対して闘うという論理だね。もう一つ新しい政治形態ができて、いまのような死んだ自由ではなくて、もっと積極的な自由を君らに与えるような政治体制ができれば、何もそんなにむきになって共産主義に対抗して、民主主義を守らなくてもいいじゃないか。というのは直接民主主義という考え方なんですね。直接民主主義という考え方はぼくにもよくわかりませんけれども、個人々々の自由と、国家意志というものとは一致するということを考えているんでしょうね。ところが、そういう意味の調和というのはどこの国でもいままで成功したことはないんです。ぼくも言論の自由を守るために、たとえたいした政治形態ではなくても、言論の自由を保証する政治形態を守るということには全面的に賛成ですがね。しかしそれと、国民の血というか、文化伝統というか、そういうわれわれの根《ルート》と言論の自由がどういう関係があると思う？　自由自体が国民の根であると思うかね。先験的な自由というものがあって、それはわれわれの国民精神と完全に融合すると思いますか。

石原　ぼくは三島さんより伝統からは自由ですからね。

三島　自由だと思っているだけで、君は意識的に自由だと思っているだけで、決して自由じゃないです。日本語を使っているんだから。

石原　そりァそうですよ。たしかに存在というのは、先天的な根を持たなくちゃいけないと思う。ぼくの言うのは、ぼくの存在というのはいろんな場合があるが、心情的な存在も、精神的な存在もあるでしょうけれども、特に心情、情念という形は、われわれは根から吸った、つまり伝統という風土を持たざるをえない。そういったものからのがれようとすることだって自由の問題になってくるでしょう。しかしそういう根を持つということは不自由なのではない。つまり自由、不自由以前の問題なんだ。

三島　そうすると、つまり根というものは先天的に与えられたものだ。自由は選択だという考えだね。

石原　そうですね。

三島　ぼくはそこに昔から疑問を感じているんだ。つまりあなたが自由を選んだんだ。人間は自分が選んだバリューを最終的に守ることができるかということにぼくは疑問なんだ。

石原　選択というより自由というのはさがすんだな。

三島　人間がさがして最後に到達するものは根だよ。そうだろ。

石原　いろんな意味での存在の根に対する回帰でしょうね。

三島　回帰だろう。回帰のなかには自由という問題をこえたものがあるはずだ。ぼくは簡単に言うと、こういうことだと思うんだ。つまりわれわれは何かによって規定されているでしょう。これは運命ですね。日本に生まれちゃった。あるいは石原さんのようにブルジョアの家庭に生まれちゃった。

石原　ぼく？　とんでもない。三島さんと違って私はたたき上げですからね。(笑)

何を守るために死ぬのか

三島　自由を守るというのはあくまで二次的問題であって、これは人間の本質的問題ではない。自由を守る、ある政治体制を守るということは、人間にとって本質的問題でも何でもない。ぼくは、おまえ民主主義を守るために死ぬか、と言われたら、絶対に死ぬのはいやですよ。国会議事堂を守るために死ぬのもいやだし、自民党を守るために死ぬのもますますいやですね。われわれはある政治体制を守るために死ぬんじゃない。じゃ何を守るために死ぬのか。バリューというものを追い詰めていけば、そのために死ねるものというのが、守るべき最終的な価値になるわけだ。それはこの自由の選択のなかにないとぼくは思うんだね。自由の選択自体のなかにはない。もっと、規定しているもののなかにそれがあるんだ。

石原　何のために死ねるかといえば、それは結局自分のためです。その自分の内に何をみるかということでしょ。三島さんがおっしゃっている自由というのは、ぼくの言った自由と違うところにデヴィエイトしてしまっていると思うんだな。つまり規定するものとは、ことばのあやみたいだけれども、不自由ということですか。

三島　ニーチェの「アモール・ファッチ」じゃないけれども、自分の宿命を認めること、人間にとって、それしか自由の道はないというのがぼくの考えだ。

石原　そしたらギリシャの悲劇の宿命というものからのがれようとしている、それも闘おうとする、あれは何ですか。

三島　ヒュブリスというんだ。ごうまんというんだ。神が必ずそれを罰するのが悲劇なんだ。

石原　そうですよ。しかしそこにはやはり自由があるでしょう。

三島　その自由のギリシャのヒュブリスの伝統がキリスト教になり、あるいは三派、全学連になっているんだ。結局、最後には、人間というものは人間をはみ出して、何かそれ以上のものになろうという。その意志のなかに何か不遜なものがあるんだ。それがずうっと尾を引いて直接民主主義までいってしまっているんだ。それを滅ぼさなくちゃいけない。

石原　それはおそろしい発言だと思うな。神ならそういえるけど。ぼくはやはりそういう意味では三島さんより自由というものを広義で考えるなあ。だってそうじゃないですか。自分の宿命というものに反逆しようとすることだって、それは先天、後天の対立かもしれないけれども、しかし宿命というものを忌避しようとすることは、その人間にとって自由でしょう。

三島　しかし宿命を忌避する人間は、またその忌避すること自体が運命だろう。そういう人間はそういうふうに生まれついちゃったんだ、反逆者として。

石原　しかしそれはその人間の一つの存在の表現であって、ぼくはやはり人間の尊厳というのはそこにしかないと思うなあ。

三島　君はずいぶん西洋的だなあ。（笑）ぼくはそういう点では、つまり守るべき価値ということを考えるときには、全部消去法で考えてしまうんだ。つまりこれを守ることが本質的であるか、じゃここまで守るか、ここまで守るかと、自分で外堀から内堀へだんだん埋めていって考えるんだよ。そしてぼくは民主主義は最終的に放棄しよう、と。あ、よろしい、よろしい、言論の自由は最終的に放棄しよう、よろしい、よろしいと言ってしまいそうなんだ、おれは。最後に守るものは何だろうというと、三種の神器しかなくなっちゃうんだ。

石原 三種の神器って何ですか。

三島 宮中三殿だよ。

石原 またそんなことを言う。

三島 またそんなことを言うなんていうんじゃないんだよ。なぜかというと、君、いま日本はナショナリズムがどんどん侵食されていて、いまのままでいくとナショナリズムの九割ぐらいまで左翼に取られてしまうよ。

石原 そんなもの取られたっていいんです。三種の神器にいくまでに、三島由紀夫も消去されちゃうもの。

三島 ああ、消去されちゃう。おれもいなくていいの。おれなんて大した存在じゃない。

石原　そうですか。それは困ったことだなあ。（笑）ヤケにならなくていいですよ。困ったな。

三島　ヤケじゃないんだ。

石原　三種の神器というのは、ぼくは三島さん自身のことかと思った。

三島　いや、そうじゃない。

石原　やはりぼくは世界のなかに守るものはぼくしかないね。

三島　それは君の自我主義でね、いつか目がさめるでしょうよ。

石原　いや、そんなことはない。

三島　そこまで言ってしまってはおしまいだけど、ぼくは日本文化というもの、守るということを考える場合に、何を守ったらいいのかといつも考えてきたですよ。歌舞伎やお能というのは、共産社会になったって絶対だいじょうぶですよ。レニングラード・バレエと同じで、いつまでもだれかが大事にしてくれますよ。それからお茶だって、お花だって、こんなものは共産社会になっても生き延びますね。それなら日本文化が生き延びれば、おまえいいじゃないか、と。法隆寺だろうが、京都のお寺だろうが、いまあんなものをこわす馬鹿な共産社会はないですよ。皆いい観光資源になっていますから……。古典文化というものは大体生き長らえるでしょうね。最後に生き長らえないものは何かというと、共産社会では天皇制はまず絶対に生き長らえないでしょう。それからわれわれが毎日書いているという行為は生き長らえないでしょう。というのは、これから先に手が伸びようとするとき、その手をチェックするでしょうね。いま生きている手はね。従って、いまわれわれがこうして書いている手と、天皇制とは、どこか禁断のものという点で共通点があるはずなんです。生きている手というものと、天皇制というものの関係は何だろうと考えると、ぼくは天皇制の本質というのを前からいろんなことを言っているんですけど、文化の全体性というものを保証する最終的根拠であるというふうに言っている。というのは、天皇制という真ん中にかなめがなければ、日本文化というのはどっちへいってしまうかわからないですよ。昔からそういう性質を持っているんです。それでこのかなめがあるから、右側へ行ったものは復元力で左側へ来て、左側へ行ったものは復元力でまた右側へ行く。中心点にあるかなめが天皇だというふうに考える。

日本文化というものはいままでどういう扱いを受けてきたかというと、明治以降日本文化というものは近代主義、西欧主義に完全に毒されて、その反動が来て日本文化からほとんどエロティックな要素は払拭されちゃった。戦争中のような儒教的な、ぎりぎりの超国家主義的な日本文化になっちゃった。今度、逆になってきたら、だらしのないエロティックな日本だけがわっと出てきてしまった。快楽主義、利那主義、だらしのなさね。そのかわり、そのなかに日本文化のいいものももちろん出てきた。戦争時、禁圧されていたいいものが一ぱい出てきた。そうすると日本の近代史というのは、文化の全体を保証しないようにいつも動いてきているんですよ。

それじゃアメリカの民主主義ははたして日本の文化の全体を保証したかというと、たとえば占領軍が来て一番初めに禁止したのは、「忠臣蔵」ですね。歌舞伎の復讐劇ですね。それからチャンバラとか、殺伐な侍の芝居を禁止しましたね。そのとき舟橋聖一らのエロ小説は全部解禁された。エロティックなことは何を書いてもいいという時代がしばらく続いたでしょう。そして思想的にもあらゆるものが解放された。解放されて日本文化が復活したかというと、そうじゃないところがおもしろいんだ。文化というのはそういう形に置かれたときに、またへんぱなものになっちゃう。文化の全体性というのはいまないんですよ。こんなに言論が自由であるように思われるけれども、何も全体性というものがないですよ。そして文化というものはただだらしのないものになっちゃった。創造意欲が少しもなくなってあわれなものになっちゃったんですよ。するとアメリカ的民主主義というのは、文化としては日本文化の全体性を回復したとは思わない。やはり一面性だけしか回復しなかったんだと思いますね。戦争中のああいうものを一面性しか回復しなかった。おまえの求める文化の全体性というのは、それではいつの時代にそれが実現されたんだというと、徳川時代もだめだった。徳川時代は幕府が一生懸命禁圧してだめだった。それから平安朝時代は貴族文化だけですからね。そういうふうにどの時代の政治形態も、政治形態というのは文化の全体性を腐食するような方向にいくんです。だからぼくは政治はきらいなんです。政治はきらいなんですが、ぼくにとって最終的な理念というのは、文化の全体性を保証するような原理。そのためなら命を捨ててもよろしいということをぼくはいつも言っているんです。保証する原理というのは、この世の地上の政治形態の上にはないですよ。ですから三派が直接民主主義なんてことを言うと、どうして日本に天皇があるのに直接民主主義なんてことを言うんだ、ああいうものがあるんだから、君らの求めるそういう地上にないような政治形態を天皇に求めればいいじゃないかって言うんですよ。ぼくは天皇を決して政治体制とは思っていませんけれども、ぼくは文士ですから、文士というものはいつも全体性の欠如に対して闘う、という観念を持っている。われわれの書くものが石原さんの言うような自由であるためには、無意識の自由、意識された自由、政治形態としての自由、何の自由なんてものは問題ではない。文化が、日本の魂があらゆる形で四方八方へ発揮されなければ……。

石原 しかし文化というのはどこの国でもそういうものでしょう。

三島 ええ、でも、日本じゃそういうことはないはずなんです。天皇がいるから。

石原 いや、だってそれは違うんじゃないかな。振れ動くものが戻ってくる座標軸みたいなものでしょう、天皇と三種の神器というのは。だけど、ぼくはやはりそれは違うと思うんだな。つまり天皇だって、三種の神器だって、他与的なもので、日本の伝統をつくった精神的なものを含めての風土というものは、台風が非常に発生しやすくて、太平洋のなかで日本列島だけが非常に男性的な気象を持っていて、こんなふうに山があり、河があるということじゃないですか。ぼくはそれしかないと思うな。そこに人間がいるということだ。

三島　君は風土性しか信じないんだね。

石原　結局そういうところへ戻ってきちゃうんですよ。

三島　戻ってきても、風土性から文化というのが直接あらわれるわけじゃないよ。

石原　もちろんそうですよ。天皇とか、三種の神器を座標軸に持ってくるのは簡単だけれども、それだってやはり日本の風土とか、伝統をつくった素地というものが与えた伝統の一つでしかなく、一番本質的なものではないんだな。ただの一つの表象です。

三島　いや、伝統が一つしかないと言うけれど、伝統的にはいろんな多様性があるでしょう。その多様性がある伝統のうち九割ぐらいまでは、共産主義だろうが何だろうがほうっておいたっていいんだよ。ぼくが伝統主義者であれば何も闘う必要はない。これからの世界は、かってのソビエトみたいな共産主義では長続きしません。ある程度、伝統文化も包含するでしょう。たとえば、ぼくかあなたのように単なる伝統保存主義者であり……。

石原　いや、ぼくはそうは言わないけれども。

三島　伝統の多様性というものを守るためには闘う必要はないんだ。伝統なんかたった一つだけ守ればいいいんだ。絶対守らなきゃあぶないものを守ればいいんだ。守らなきゃたいへんなものを。そうすればほかのものは、たいていだいじょうぶですよ。

石原　そうかなあ。結局そういうものがあるから、歴史というものはいつも右、左に振れるものであり、座標軸ははずしたっていいんじゃないんですか。はずしたほうがかえっていいんじゃないかな。

三島　いやいや、ぼくは君みたいなそんな共和論者じゃない。

石原　そうすると、とらえどころがなくなるんですか。

三島　文化の統一性と、文化というものの持っているアイデンティティーというものを、君、全然没却しちゃう、そういうことをしたら。

石原 あ、そうか。三島さん、かっての文化論は取り消したんだな。

三島 そうそう。(笑)だってアイデンティティーというのは、最終的にアイデンティティーを一つ持っていればいいんだ。言わば指紋だよ。君とおれとは別の指紋を持っている。ナショナリズムでも何でもない。指紋が違う。それで文化を守るということは、最終的にアイデンティティーを守ることなんだ。それ以上のもの、文化全体というか、ほかの守らないでいいものは一ぱいありますよ。

石原 自分をアイデンティファイする対象というのは、実は自分が意識でとらえ切れなくなっている本質的な自己であって、ぼくはそれしかないと思いますね。

三島 それに名前をつければいい。その本質的な自己というのは……。

石原 だからそれは三種の神器じゃないんだな。もっと、つまり何と言うか、日本列島の季象でもいい。もっと始源的な存在の形じゃないですか。

三島　つまり全然形のない文化を信じるとすれば、目に見える文化は全部滅ぼしちゃってもいいんですよ、そんなものは。それからあなたの作品も、ぼくの作品も地上から消え失せて、京都のお寺から何からみんな要らないんですよ。そしてただ形のないものだけ守っていればいいんですよ。それは本土決戦の思想なんだよね、そこまで行っちゃえば。つまり焦土戦術だね。軍が考えたことはそういうことだったと思うんだ。つまり国民の魂というものは目に見えないものでいいんだ。信州に皇室の御行在所とか、いろいろつくっただろうけれど、これは形だけのことで、軍の当局者にとっては、彼らは焦土戦術をやるつもりだった。日本は全部滅びても、日本は残るだろう、と。石原さんの考えというのは、最終的に目に見えないものを信ずることによって人間が闘えば、結局あらゆるものを譲り渡して闘わなければならない、何かのアイデンティティー、目に見えるものというものを持っていなきゃ、形というものは成立しない。形が成立しなきゃ、文化というものは成立しない。文化というのは形だからね。形というものが文化の本質で、その形にあらわれたものを、そしてそれが最終的なもので、これを守らなければもうだめだというもの、それだけを考えていればいいと思う。ほかのことは何も考える必要はないという考えなんだ。

自己に対する〝献身〟

石原　やはり三島さんのなかに三島さん以外の人がいるんですね。

三島　そうです、もちろんですよ。

石原　ぼくにはそれがいないんだ。

三島　あなたのほうが自我意識が強いんですよ。（笑）

石原　そりゃア、もちろんそうです。ぼくはぼくしかいないんだもの。ぼくはやはり守るものはぼくしかないと思う。

三島　身を守るということは卑しい思想だよ。

石原　それは違うんだな。

三島　絶対、自己放棄に達しない思想というのは卑しい思想だ。

石原　身を守るということが……。ぼくは違うと思う。

三島　そういうの、ぼくは非常にきらいなんだ。

石原　自分の存在ほど高貴なものはないじゃないですか。かけがえのない価値だって自分しかない。

三島　そんなことはない。

石原　風土も伝統もけっこうだけど、それを受け継ぐ者がいる。それがなけりゃ、そんなものあったって仕方ない。ぼくがとても好きなマルロオの言葉に「死などない、おれだけが死んでいく」というのがある。ぼくの存在がなくなったときに何ものもが終焉していい。自分の書いてきたものもその時点でなくなったっていい。結局、自分の守るものというのは、自分の全存在、つまり時間的な存在、精神的な存在、空間的な存在、生理的な存在、それしかないですね。それを守るということは、それを発揚するということです。

三島 だけど君、人間が実際、決死の行動をするには、自分が一番大事にしているものを投げ捨てるということでなきゃ、決死の行動はできないよ。君の行動原理からは決して行動は出てこないよ。

石原 そんなことはない。守るというのは「在らしめる」ということ。そのためには自ら死ぬ場合だってある。

三島 それじゃ現実に……。

石原 ディボーションだってある。自分に対するディボーションというのもあるでしょう。

三島 それは自己矛盾じゃアないか。自分に対する奉仕のために自己放棄するなんてばかなやつは世のなかで聞いたことがない。

石原 いや、そうですよ。あるじゃないですか。つまり他者というのはぼくの内にしかないんだもの。

三島　君の自己放棄というのは自分のために自己放棄して……。

石原　ぼくのなかにある他者というもの……。たとえばこの間もテレビへ出て、何のために政治をやりましたか、ぼくのためにしましたっていったら、すぐ主婦が、「エゴイズムですか」「そのとおりエゴイズムです」って言ったら、「私はあの人に一票を投じて惜しかった」と朝日新聞に投書をして、朝日新聞がまたそれを得々として載せた。どうせわからないだろうと思ったけど、あえて言ったんです。何もぼくは自分の政治参加を雄々しいなんて思っていませんよ。しかしそこにある一つの犠牲みたいなものがあっても、それはぼくのうちにあるもの、つまり友人があったり、家族があったり、民族があったり、国家があるわけでしょう。しかしそんなものはぼくの存在が終わったら全部なくなっちゃうね。しかしそれが伝統になるんだ。

三島　それじゃ君、同じことを言っているんじゃないか。つまり君の内部にそういう他者を信じるか、外部に他者を信じるかの差に過ぎないでしょう。

石原 ぼくは内部にしか信じないです。

三島 他者というものは内部にいるか、外部にいるか、どっちかだって君は言うわけでしょう。君は内部に他者を置いて、その他者にディボーションするんでしょう。そういうものは君のなかにある他者なんで、だれが一体そんなものを信じるんだ。

石原 それは信じないでしょうね。ぼくは人間が人間を信じるなんて信じられないな。

三島 君は絶対、単独行動以外できないでしょう。

石原 そう思います。だから派閥をつくれって言われても人間を信じては派閥なんかつくれないんだ。

三島 絶対の単独行動でどうして政治をやるんですか。

石原 だからそこはとても自己矛盾でね。しかし、やはりそこで我を折り、複数の行動をすることも自己犠牲の奉仕でしょ。

三島　もうすでに君は何かの形でディボーションをやっているんだ。意識しないディボーションをやっているんだ。

石原　そりゃ意識していますよ。

三島　あまり意識家でもないけどな。

石原　それは江藤淳が言うことだ。（笑）いや、そうでもないな。ぼくはこのごろ三島さんなんかより意識家になった。

三島　だんだん逆になってきたな。しかしぼくはやはりサクリファイスということを考えるね。一番自分が大事に思っているものは大事じゃないんだ、と。

石原　じゃ同じことを言っているわけです。ぼくだってやはり自分をサクリファイスしていると思うんだ。ぼくが思わなくても他人がそう思うでしょう。

三島　少なくとも君が政治をやるというのもサクリファイスだよ。

石原　そりゃそうだな。自分で言うことじゃないけれど。

三島　文学というものは絶対的に卑怯なもので、文学だけやっていればセルフ・サクリファイスというものはないんですよ。人をサクリファイスすることはできても。

石原　ぼくもそう思う。ぼくも三島さんが言ったと同じことを、あるところに書いた。男とは何か。ぼくはやはり自己犠牲だと思う。そこにしか美しさはないんじゃないか。だから小説家というのは全然男々しくないって。

三島　そのとおりだな。小説家で男々しかったらウソですよ。小説家というのは一番女々しいんだ。生き延びて、生き延びて、どんな恥をさらしても生き延びるのが小説家ですね。

文学というのは絶対男々しくない。文学だけで男々しいポーズをしてみてもしようがないんだ。ウソをつかなきゃならない。

石原　いま三島由紀夫における大きな分岐点は、非常に先天的と思ったもの、肉体というものが後天的に開発できるということを悟ってしまったこと。

三島　そうなんだ。それはたいへんな発見だ。

石原　三島さんはやはり男としての自覚を持ったと思うんだ。それは、三島由紀夫が三島由紀夫になるよりあとに持ったんだな。それで非常に大きな変化が三島さんにきて……。

三島　困っちゃったんだ。（笑）

石原　さっきも居合抜きを見せてくれたけど。（笑）筋肉がくっついて三島さん、ほんとに困ったと思う。

三島　困っちゃったんだよ。

石原　いまさら女々しくなれないでしょう。

三島　いまさらなれない。そうかといって文学は毎日々々おれに取りついて女々しさを要求しているわけだ。それでしようがない、おれの結論としては、文学が要求する女々しさは取っておいて、そのほか自分が逃げたくても逃げられないところの緊張を生活の糧にしていくよりほかなくなっちゃったね。もし運動家になり、政治運動だけの人間になれば、解決は一応つくんだけれども。

石原　「楯の会」では、まだクーデターはできない。そこに悩みがある。

三島　しかしまだ自民党代議士、石原慎太郎も大したことはないし、まだまだおれも先があると思っている。（笑）

石原　いまの反論はちょっと弱々しかった。（笑）しかしほんとにぼくは思うな。三島さんのテンペラメントというのは、最初から肉体を持っていたら……。（笑）

三島　別のほうに行ってたんだよ。

石原 行っていたね。

三島 だけど、いまさらどっちもね。困っちゃったんだ。

石原 そして自分で効率よく自分を文豪に仕立てた責任もあるしね。ああいう政治能力をほかに発揮したらどうですか。

三島 また……。おれがいつ政治を使いましたか。（笑）

石原 しかし、その筋肉の行き場所がないというのは困りますね。

三島 困りますね、ほんとに。小説を書くのにこんなもの全然要らないんですからね。困っちゃうね。（笑）

左翼にたべられちゃったもの

石原 だけど三島さん、個人の暴力の尊厳というものをいまの学生というのは知らないですね。

三島　そうだね。ほんとに集団にならなきゃ何にもできない。個人は弱者だと思っている。

石原　彼らによって守らなくちゃならないものに個人がないんだ。ぼくはときどき言うんだけれども、行きすぎるときにいきなりつばをはきかけられて、とがめて顔をふいてもらってもどうにもならんでしょう。やはりなぐるか、切るかしなければいけない。そういう行動に出ると、暴力はやめて下さいということになる。しかしその場合に暴力でなかったら守れないものがある。

三島　そりゃそうですよ。そのときはやる。

石原　現代の社会には名誉というものがないと思うな。

三島　それを守らなくちゃ名誉はないわけだが、しかしそれは自分を守るということと別じゃないかな。つまり男を守るんだろう。

石原 結局、自分を守ることじゃないですか。

三島 それは、ある原理を守ることだろう。

石原 男の原理、現代では通用しなくなった男の原理。

三島 男というのは動物ではない。原理ですよ。普通男というと動物だと思っているんだ。女から言うと、男ってペニスですからね。あの人、大きいとか、小さいとか、それは女から見た男で、女から見た男を、いまの世間は大体男だと思っているんだろうがね。ところが、男というのはまったく原理で、女は原理じゃない、女は存在だからね。男はしょっちゅう原理を守らなくちゃならないでしょう。その原理というものは、石原さんが言うように自分だとはぼくは思わないですよ。自分ならそんな辛い思いをして原理を守る必要はない。自分を大事にするんだったら、つばをはきかけられても、なるたけけんかしないでそっとしておいて、かかわりあいにならないで、そばで人が殺されそうになっても、警察に調書を取られるのはたいへんだから、そっと見ないで帰りましょうというほうが、よほど生きるのは楽ですよ。だけどそこで原理を守らなければならないのが男でしょう。

石原 しかし原理はだれのなかにあるんですか。やはり自分のなかにしかないでしょう。実は自分の方が先にあるんです。

三島 自分のなかにしかないけれども、男という原理は内発的なものでもあると同時に、最終的には他人が見ていてみっともないからですよ。

石原 そうかな。ぼくは人がいないところでもなぐるな。三島さんだってそうだと思う。人がいないときに何かやられたら、やはり刀を抜くでしょう。

三島 そりゃそうだ。

石原 この前の対談で雑誌社の人間がいなかったら、いいだももを切ればよかった。（笑）

三島 刀のけがれになるよ、あんなの切ったら……。これちゃんと速記しておいて下さいね。（笑）

石原　これは遠吠え。遠吠え。

三島　あの人は口から先に生まれたんだ。

石原　全く口から先に生まれた。(笑)

三島　どうにもならんですよ。生まれてオギャーという前に共産党宣言か何か叫んだんじゃないかね。

ところで、われわれは左翼に対してごちそうを出し過ぎていますよ。みんな食べられてしまう。われわれが一生懸命つくった料理を出すと、みんな食べられちゃうんです。カラスが窓からはいってきてみんな食っちゃう。左翼に食べられちゃったものは、第一がナショナリズム、第二が反資本主義、第三が反体制的行動だと思うんだ。この三つを取られてしまうと困っちゃうんだ。四つ目のごちそうはまだ取られていない。天皇制ですね。ここにおいてどうするんです。

石原　それはたいへんな深謀遠慮だな。(笑)

三島　なぜ?　ここにおいてどうするんですか。

石原　そりゃラオスにもプーマ殿下なんているからね。

三島　いるけれども、日本はラオスまではいかんと思うんだ。ぼくはそういう考えですよ。ですからこのギリギリの一線、それは丸薬なんです。苦い薬なんです。だからみんななかなか飲みたがらない。石原さんなんかさっきから飲みたがらないでじたばたしているでしょう。

石原　いや、そんなことはない。

三島　これを飲むか飲まないかという問題で闘うんじゃないです。ごちそうはみんな食われちゃった。甘い味がつけてありますからね。

石原　それはちょっと違うな。それほどごちそうじゃないな。

三島　ほかのものだよ。ほかの三つのものはごちそうだ。それで最後に丸薬だけ取ってあるんだ。これは天皇だ。この丸薬はカラスは食わないですよ。食えと言ったって食わないんだ。なぜかというとカラスは利口だからね。この丸薬を食ったら、カラスがハトになるかもしれない。たいへんなことになる。カラスがカラスでありたいためには、それを食わんでしょう。だからぼくは丸薬をじっと持っているんです。もう、どう言われてもこの丸薬を持っている。これは味方うちも、敵もなかなか飲みたがらない丸薬です。どうでも、こうでも……。

石原 三島さんのように天皇を座標軸として持っている日本人というのは、ラフな言い方だけれども、とても少なくなってきちゃったんじゃないかしら。

三島 君、そう思っているだろう。だけどこれから近代化がどんどん進んでポスト・インダストリアリゼーションの時代がくると、最終的にそこへ戻ってくるよ。

石原 戻るのはいいけれど、天皇をだれにしようかということになるんじゃないかな。

三島 いやいや、そんなことはない。明治維新にはそんなことを考えたんだ。たとえば伊藤博文も外国へ行く船のなかで、共和制にしようかって本気に考えたんだ。ところが日本へ帰ってきてまた考えなおしたんだね。竹内好なんかは君と違って、もっとずっと先を見てるよ。コンピューター時代の天皇制というのはあるだろう、それがおそろしいっていう。ポスト・インダストリアリゼーションのときに、日本というものも本性を露呈するんじゃなかろうか。いまは全く西洋と同じで均一化していますね。だけどこいつを十分取り入れ、取り入れ、ぎりぎりまで取り入れていった先に、日本に何が残っているかというと天皇が出てくる。それを竹内好は非常におそれているんですよ。非常に洞察力があると思いますね。

石原 それはそうじゃァないな。竹内好のなかに前世代的心情と風土があるだけです。

三島 その風土が天皇なんだよ。

石原 それが変わってきているんだな。

三島 ぼくは変わってきていると思わない。ぼくは日本人ってそんなに変わるとは思わない。

石原　ぼくのいうのは、つまり天皇は日本の風土が与えた他与的なものでしかないということで、風土は変わらんですよ。われわれの本質的な伝統というものは変わらないけど、天皇というものは伝統の本質じゃないもの。形でしょう。

三島　だけど君、どうしてないなんていうの。歴史、研究したか。神話を研究したか。（ふん然と怒る）

石原　しかし歴史というものの皇統が変わってきているじゃないですか。日本の歴史の極端にピキューリアな点は、ヨーロッパ的なものでなく、海の向こうに中国みたいな統一されてないようでいて、ある意味でまた一元的な国家がある。日本にとって、いつも海を隔てた大陸から来るメッセージというのは一つでしかない。たとえば仏教。それを濾過することで日本文化はできてきたんでしょう。政治の形は、そんな文化造形の前からあったが、しかしその規制は受けた。天皇制が文化のすべてを規制したとは思えない。いずれにしても日本の伝統の本質的条件がつくったものの一つでしかないと思うな、天皇は。

三島　それはもう見解の相違で、どうしようもないな。つまりぼくは文化というものの中心が天皇というもので、天皇というのは文化をサポートして、あるいは文化の一つの体現だったというふうに考えるんだから。

石原 文化というのは中心があるんですか。

三島 必ずあるんだ。君、リシュリューの時代、見てごらん。

石原 いや、中心はあるけど、その中心というのはあっちへ行ったり、こっちへ行ったりするんだなあ。

三島 それじゃリシュリューの時代の古典文化、ルイ王朝の古典文化というものは秩序ですよね。そして言語表現というのは秩序ですよ。その秩序が、言語表現の最終的な基本が日本では宮廷だったんです。

石原 だけど、その秩序は変わったじゃないですか。

三島 いくら変わってもその言語表現の最終的な保証はそこにしかないんですよ。どんなに変わっても……。

石原 そこにしかないってどこですか。

三島 皇室にしかないんですよ。ぼくは日本の文化というものの一番の古典主義の絶頂は古今和歌集だという考えだ。これは普通の学者の通説と違うんだけどね。ことばが完全に秩序立てられて、文化のエッセンスがあそこにあるという考えなんです。あそこに日本語のエッセンスが全部できているんです。そこから日本語というのは何百年、何千年たっても一歩も出ようとしないでしょう。一つも出てないですね。あとのどんな俗語を使おうが、現代語を使おうが、あれがことばの古典的な規範なんですよ。

天皇制への反逆

石原 三島さん、変な質問をしますけど、日本では共和制はあり得ないですか。

三島 あり得ないって、そうさしてはいけないでしょ。あなたが共和制を主張したら、おれはあなたを殺す。

石原 いや、そんなことを言わずに、（笑）もうちょっと歩み寄って。その丸薬、ぼくは飲めない。

三島 きょうは幸い、刀も持っている。（居合抜きの稽古の帰りで、三島氏は真剣を持参していた）

石原 はぐらかさないで。つまり日本にたとえば共和制がありえたとしたら、日本の風土とか、伝統というのはなくなりますか。

三島 なくならないと言ったでしょ。伝統は共産主義になってもなくならないと言ったじゃないですか。

石原 それをつくったもっと基本的な条件はなくなりませんか。

三島 なくなります。

石原 ぼくはそう思わない。

三島 絶対なくなる。

石原 それはもっと土俗的なもので、土俗的ということもちょっと夾雑物が多過ぎるけれど、本質的なものはなくならないと思いますね。ぼくは何も共和制を一度だって考えたことはないですよ。

三島 そりゃまあ、命が惜しいだろうからそう言うだろうけど。(笑)

石原 ぼくだって飛び道具を持っているからな。

三島 そこに持ってないだろ。

石原 あなたみたいにナイフなんか持ち歩かない。

三島 だけど文化は、代替可能なものを基礎にした文化というのは西洋だよ。あるいは中国だよ。日本はもう文化が代替可能でないということが日本文化の本質だ、というふうにぼくは規定するんだ。だから共和制になったら、代替というものがポンと出てくる。代でかわることだよ。共和制になったら日本の文化はない。

石原　つまりシステムというのはほんとに仮象でしかないね。

三島　仮象でいいじゃないか。だって君、政治が第一、みんな仮象であるということもよくわかっているんだろ。

石原　ようくわかっていますよ。だけどやはりそのなかにぼくがいるんだもの。これは、ぼくは実象ですよ。

三島　もう半分仮象になりかかっているじゃないか。

石原　そんなことないよ。（笑）そういう言いがかりはけしからんな。（笑）

三島　いまのは訂正しましょう。しかしぼくも意固地ですからね、言い出したらきかないです。いつまでもがんばるつもりです。

石原　何をがんばるんですか。三種の神器ですか。

三島　ええ、三種の神器です。ぼくは天皇というものをパーソナルにつくっちゃったことが一番いけないと思うんです。戦後の人間天皇説が一番いかんと思うのは、みんなが天皇をパーソナルな存在にしちゃったからです。

石原　そうです。昔みたいにちっともミスティックじゃないもの。

三島　天皇というのはパーソナルじゃないんですよ。それを何か間違えて、いまの天皇はりっぱな方だから、おかげでもって終戦ができたんだ、と。そういうふうにして人間天皇を形成してきた。そしてヴァイニングなんてあやしげなアメリカの欲求不満女を連れてきて、あとやったことは毎週の週刊誌を見ては、宮内庁あたりが、まあ、今週も美智子様出ておられる、と喜んでいるような天皇制にしちゃったんでしょう。これは、天皇をパーソナルにするということは、天皇制に対する反逆ですよ。逆臣だと思う。

石原　ぼくもまったくそう思う。

三島　それで天皇制の本質というものが誤られてしまった。だから石原さんみたいな、つまり非常に無垢ではあるけれども、天皇制反対論者をつくっちゃった。

石原　ぼくは反対じゃない。幻滅したの。

三島　幻滅論者というのは、つまりパーソナルにしちゃったから幻滅したんですよ。

石原　でもぼくは天皇を最後に守るべきものと思ってないんでね。

三島　思ってなきゃしようがない。いまに目がさめるだろう。(笑)

石原　いやいや。やはり真剣対飛び道具になるんじゃないかしら。(笑)しかしぼくは少なくとも和室のなかだったら、ぼくは鉄扇で、三島さんの居合いを防ぐ自信を持ったな。

三島　やりましょう、和室でね。でも、君とおれと二人死んだら、さぞ世間はせいせいするだろう。（笑）喜ぶ人が一ぱいいる。早く死んじゃったほうがいいな。

石原　考えただけでも死ねないな。

あとがき

秋も遅く、沖縄の久米島に久し振りにダイビングにいき、二日目の夜最後の校正の電話を編集部ととり合い、それではこれで全てすみと念を押し合って受話器を置いて寝たら、夜中に三島さんの夢を見た。いつになく生々しい夢で、夢の中ながら私の間近に三島さんがいるような気がしていた。

そして夢の中で私は二度氏の体に触り、その手の感触まで今でも覚えているような気がする。その手触りの中では、三島さんは私が覚えているよりも二回りは大柄な感じで、氏がよく、誰かがそういっていたといいながら、実は自分でそう人に売り込んでいっていたように、あのタフな印象の俳優若い頃のアンソニー・クインの如き存在感があった。

会話の中で私はまず氏の鼻に手で触り、

「三島さん、やっぱり拳闘をやったせいで、あなたの鼻は少し曲がっているね」

いうと三島氏が心外そうに、しかしやや誇らしげに、

「そうかなあ、そうかもしれないな」

といって自分でも鼻をさすってみせる。

その後どんな会話が続いたのか覚えていないが、最後に私が、氏の腕をとらえながら、

「三島さん、あなたは死んでも、いい芝居を書いてくださいよ」

いうと、三島氏が大きくうなずき、

「ああ大丈夫だ、俺は書くよ」

と答えた。

いいながら、死んだ人間に芝居を書けとか、死んだ人間が芝居を書くよとか、互いに妙なことをいっているなと夢の中ながら私自身も思っての、夢だった。

夢占いの趣味などないが、翌朝思い起こして、

〝ああ、あれを書いたので三島さんが出てきたのだな〟

と思った。

もっとも氏が不満でなにか抗議にやってきたのか、それともこれで浮かばれるといいにきたのか私にはわからないが、私は私なりに氏の鎮魂のためにもと思って綴ったことではある。人間はなにも死んでまで無理することはありはしまい。人生もまた芝居だと無類の劇作家が嘯こうと、氏の最後の最後の写真の中で氏自身はそれを否定してしまっているように見える。あの写真を目にしなかったら私は、氏に関するこの論の骨子を思いつかずに

いたかもしれない。

私と三島由紀夫の最初の出会いは、誰であったか、弟の裕次郎だったろうか、最近世の中に二十歳の前から小説を書いていて天才ともいわれている三島由紀夫という作家がいると聞かされ、その名もよく覚えきれずにいたが、ある時町の映画館でみた本編の前の「純白の夜」という作品の予告編で、その原作者である鬼才三島由紀夫が登場して、なにかのパーティーのシーンにまだら若い作者が映っていた。それはいかにも年齢に似合わぬ才気を感じさせるような、ひ弱そうな白皙の青年だった。しかしまた、当時いちばん女盛りだった主演女優の木暮実千代よりもなぜか存在感があった。

というより、まだ小説なぞ書いたこともない私になぜかしきりに気になったということなのだろうか。

私は突然の興味で、初めて知った三島という作家の小説を買い集めて読んでみた。中にも書いたように、氏の作品は初めて私に、日本語で綴られた現代小説の魅力について教えてくれたのだった。

氏は外連とはいったが、その後読んだ「禁色」などは、連載されている雑誌の次の号が出るのが待ち遠しい思いだった。私には男色の世界など興味もない、というより想像のはるか彼方にしかないものだったが、それをこの作者がまさしく現代のものごととして書いて明かしてみせることに、なにか絶妙な手品を眺めるような気がしていた。

三島氏の作品をきっかけに日本の現代文学に興味が湧き、前後して福永武彦の「草の花」に遭遇し、感動させられた。私は他の福永氏の作品にはまったく感興をそそられないが、「草の花」だけは戦後の日本文学の中でももっとも美しい青春小説だと思っている。

世の中に出てから三島氏と知り合い文学論の折りに、私はついに一面識もなしに終わったが、福永氏の「草の花」をほめたら三島氏が顔をしかめ、「あんなもの肺病病みの文学だ」といい捨てたのには心外だった。後で同じ年に三島氏は「潮騒」を発表していて、二つの作品が何かの賞を争ったとか聞かされたが、相手の作品に対する三島氏の驚くほどの非寛容さはそんな意識のせいかとも思えたが、実際はそれ以上に、かっての戦争中での青春に関しての「草の花」のたぐいないジェニュイネス（真実性）への三島氏の嫉妬と後ろめたさのせいだったに違いない。比べて「潮騒」は「ダフニスとクロエ」を下敷きにした、ただ良くできた作り話でしかない。

「草の花」の最後に、主人公が死ぬために出征していく夜汽車のタラップから、ついに会うことの出来なかった恋人の住んでいる家の灯を外に流れる無数の町の灯の中からはっきりと見てとらえたという美しい確信への錯覚の体験は、場所と時を違えても実は誰しもが抱いているはずの人生の、青春のフラグメントに違いない。そして三島氏の文学はそうした実人生のジェニュイネスとはまったく関わりないところにこそ構築されていたともいえる。

しかし三島氏の感性は他人が抱くそうしたものの価値についてもまた鋭敏ではあったろう。だが、それを嫉妬することは勝手だが、それを唾棄する資格は誰にもありはしまい。私のこの論は三島氏を借りての一種の肉体論ともいえようが、福永氏の「草の花」に対する三島氏のあの姿勢は、大人気ないというより、やはり無邪気なほどのわがまま、つまり三島氏における自らは意識せぬながらそれゆえの逆に、人間らしさともいえそうだが。

そして三島氏の人生の破綻は、氏がしょせんその肉体におけるジェニュイネスを肉体的にも感覚的にも獲得出来なかったせいといえそうだ。

解説

父・石原慎太郎が齢85を超えた頃に病気で入院した母から父の様子を見てあげてくれと頼まれて私は実家に泊まっていた。ある日、夜中に廊下で寝室から出てきた父と出会した。見るとあの父が目を赤くしている。そして「俺の昔の全集に三島さんが書いてくれたあとがきを久しぶりに読んで、ありがたくて涙が出た。あの人は正確に石原慎太郎という作家を発見してくれた」と言った。

このあとがきとは1960年に筑摩書房から出版された初期代表作を集めた『新鋭文学叢書』という選集第8巻に三島由紀夫が解説したものだ。三島は石原が文壇に提供した生の青春、そこに描かれた暴力的な行動主義、肉体主義は「すべて知的なものに対する侮蔑の時代をひらいた。(中略)それは知性の内乱ともいふべきもので、文学上の自殺行為だが、これは文学が蘇るために、一度は経なければならない内乱であつて不幸にして日本の近代文学は、かうした内乱の経験を持たなかった」と書いている。三島は文壇にスキャンダラスなデビューをして間もなく毀誉褒貶に晒されていた若い石原にとって、その存在価値をいち早く理解し擁護し続けてくれた本当に大切な先輩であった。実は三島のこの解説に対する謝意は印象深いエピソードとして何度か石原のエッセイに登場していて、「ある必要があってそれを読み返してみようと、東京の家から書庫のある逗子の家に戻って本を引き出し、なぜか気が急いて書庫の中で立ち読みしたが思わず涙が出てきたものだった」などと述べている。石原慎太郎にとって三島由紀夫は度々思い出しては涙を流すくらい懐かしく大きな存在だった。

私の世代は既に三島由紀夫を知らない。もちろん今回復刊された本書を初めて手に取った私よりも若い読者と同様に、世代が異なる為にリアルタイムでは知らない、という意味だ。そして私が覚えている三島由紀夫との最初の出会いはおそらく幼い頃に観たテレビだった。「世間を震撼させた昭和の大事件」といった類の特集で、市ヶ谷の自衛隊駐屯地で楯の会の制服に鉢巻きという出たちで演説をするあの有名なシーンだ。必ず続けて流された日本赤軍が立て籠もる「あさま山荘」をクレーンに吊られた鉄球で破壊する映像と並んで幼心に強烈に焼き付けられた。そして横でテレビを観ていた母が「この事件の数日前に三島さんからうちに電話があったの。お父様は留守で取り次げなかったけれど、後でニュースを観てハッとしたわ」とやや興奮気味に言った。

「知っている」とはどういうことだろう? 文学について素人の私は、父・石原慎太郎の眼を通して以外三島由紀夫について語る立場にないが、本書の復刊を良い機会に改めてそのイメージを知りたくて同世代を中心に四十代から六十代まで信頼する知人に「三島由紀夫とは何だったのか?」を尋ねて回った。大抵の人が作品についてのみ語り、晩年の政治的な発言については触れずに、「あの」最期の行動については私と同じくテレビで観た自衛隊員を前に演説する姿以外には記憶に留めていない様であった。やはり、私の世代にとって三島は既に過去の人だった。その文学についても大抵が巷の本で解説されているように、「文豪」「文体が美しい」「装飾的でキラキラしている」「中学、高校生だったから、男色を理解できなかった」「説明し尽くしていて行間を読ませない」「抒情的でない」「コンプレックスを抱えた心の機微を明晰に表現できるのが凄い」「上からの目線を感じて息苦しい」など。仕事上のリサーチで『近代能楽集』(三島由紀夫・新潮社)を読み、伝統芸能の能楽が持つ怪しげな複式夢幻能の構造を現代に明快に焼き直したテキストに感銘を受けた経験はあるにせよ、私の印象もまた友人知人たちと概ね変わらぬものだったが、その中で「通り一遍に三島論を語る人たちは何も分かっていない、三島の凄さは弛まない努力でひとつひとつの殻を打ち破っていった事だ」という友人のひとりの答えが頭の片隅に引っかかった。

私が二度目に三島由紀夫を「知った」のは、時間をおいて1991年のある日、実家を訪ねて居間に置いてあった上梓されたばかりの父の著作『三島由紀夫の日蝕』(新潮社)をふと手に取った時になる。この昭和を代表する文豪の作品やその政治的な言動、活動については無数に研究し尽くされているが、全てを理解することは不可能だろう。本書では、三島由紀夫と親しく付き合い、三島由紀夫から大きな影響を受け、そしておそらく三島由紀夫の人生に小さくはない影響を与えた石原慎太郎というフィルターを通しての三島由紀夫像が、大分主観的ではあるにせよ確実に三島由紀夫の本質のある部分に迫り語られていると思う。石原は、これは自身の三島に関する一種の覚書であって、或いは完全な評論にはならないかもしれないと断っているが、それにしても本書で語られている三島に対する石原の姿勢は辛辣で手厳しい。三島の人生を左右した身体の本質論を執拗に検証しているが、三島を知らなかった当時の私は読後に「死人に口無し、ではないが、既に亡くなり反論できない三島さんに対して不公平で厳し過ぎるのではないか」と思ったほどだ。それでも、ほとんど名前しか知らなかった三島由紀夫についての評伝はとても興味深く、夢中になってあっという間に読み終えてしまった記憶がある。遠かった三島由紀夫という存在が少し身近になった気がしたが、それにしても父・石原慎太郎はなぜ没後二十年も経った後にここまで執拗な三島批判を書かねばならなかったのだろうか。

時は日本のバブル経済絶頂の１９８９年、石原はＳＯＮＹ会長の盛田昭夫氏と共著で『Ｎｏと言える日本』（盛田昭夫、石原慎太郎・光文社）を出版しミリオンセラーとなる。三菱地所がニューヨーク、ロックフェラーセンターを買収した頃だ。この著作は英訳されアメリカでも大変な評判になり議会で論議の争点となったりもした。アメリカの出版社から請われて渡米して講演したり自民党総裁選に出馬するなど石原は精力的に活動していたが、『三島由紀夫の日蝕』は丁度その頃、1991年に出版されている。まさに政治家としても作家としても日本国を背負って闘っているという自負を強く持っている頃だった。

『三島由紀夫の日蝕』の発刊から十年ほど時を経て、私はあるアートのイベントを通して、三島と石原の共通の友人だった舞踏家・土方巽の愛弟子、玉野黄市氏と知り合い、「土方をはじめ、我々舞踏家たちは三島由紀夫と石原慎太郎には本当にお世話になった。舞踏を題材に書かれたお父さんの小説『光より速きわれら』(新潮社)を是非読んでみて」と言われ、三島、石原とアングラ前衛芸術との意外な関係を知ることになった。また、欧州に於ける舞踏の公演の際、終了後に幕裏を訪れた老婆から「ニジンスキー以来、初めて空中で静止するダンサーを観た」と伝説の名バレエダンサーと比較された話など、大変興味深い話を聞く事ができた。

三島といわゆる暗黒舞踏の実質的な創始者・土方巽との交流は石原のそれよりも古く、土方が三島の著作『禁色』を基に演出した作品を演じた時から始まり、三島は土方のためにいくつかの舞台の推薦文や批評を書いている。「現代の夢魔―『禁色』を踊る前衛舞踏団」(『芸術新潮』昭和34年9月)では「(踊りの)時間的継続を保証するものが、(中略)汗まみれの肉体だといふことは、舞踊といふものが肉体に対して課してゐる純粋性の意味そのものの表現である」「広い東京に、私はこれ以上面白い舞台芸術はないやうな気がしてゐる」と持ち上げつつも「人間の肉体の言葉は、文字による言葉に比べて、はるかにその数が限られてゐるといふことである。現代舞踏を見てゐても、その課題レッスンを見てゐても、動きや形それ自体は、さほどわれわれを愕かせない」と述べている。対して石原は土方巽の回顧展に寄稿した「土方巽の怪奇な輝き」（『土方巽の舞踏―肉体のシュルレアリスム 身体のオントロジー』川崎市岡本太郎美術館）の中で、かつて観た舞台「燔犠大踏鑑」の感想として「突っ立ちながらなお動いている屍体は、停止よりもスタティックな凝固の中で、固唾を飲ませながら観る者の体の内に一時間の何百倍、一秒の何百分の一のリズムで時間の川の流れを感じさせていく」「あれは観るための感覚だけではなしに、己の知覚に必要なすべての五感を倒錯させられる無比なる幻惑、人生の中の虚空ともいうべきものだった。マルロオは、『永遠を一瞬の中に定着させることの出来るのは日本人だけだ』といったが、土方の舞踏はまさに民族のその本質をこの現代に再生させたものに他ならない」と語っている。

三島と石原の土方の舞踏の身体に対する読み取り方の違いは大変興味深く、本書『三島由紀夫の日蝕』のメインテーマの一つになっている身体論における両者の考え方の違いに通じている。三島は若かりし日の玉野黄市のしなやかで隆々とした肉体を見て「あの筋肉にかぶりつきたい」と語ったといわれるが、空中で静止して見えたという身体が作り出す現象についてどう感じたのだろう？　肉体を「鎧」に見立てた三島に対して、石原は肉体を機能させる鮮烈な感覚を表現した小説『光より速きわれら』を書いた。更に後年、三島由紀夫へのオマージュとして、世界グランプリを何度か制した天才ライダー片山敬済をモデルに形象から離れた肉体の本質に迫る小説『肉体の天使』（新潮社）も書いている。曰く「肉体がその奥に秘めた声は決して饒舌ではないが、しかし並の言葉たちよりもはるかに明晰で確固としていて、それを聞き取る体の琴線に耳では及ばぬ波長で響いて鳴るのだ。」三島は著作『鏡子の家』（新潮社）の中で登場人物に「人間の形態的な美は、さういふ運動機能をはるかに超えて、それとは別の、独立した美的倫理的価値を帯びて来るのであつて、さうでなければ、希臘《ギリシャ》彫刻の理念は生れなかつたらう。そこでこの独立した価値の獲得のためには、投擲や打撃を目的としない訓練、何の役にも立つべきでない訓練が必要であり、筋肉は筋肉それ自体を鍛えられねばならない」と語らせている。両者の肉体論の齟齬は似たようなかたちで、噛み合わなかった最後の対談「守るべきものの価値」の中にも見ることができる。命をかけて守るべきものを三島が日本文化の全体を保証するかなめ、天皇制＝「三種の神器」だと言うのに対し、石原は、それはただの表象であり日本の風土が与えた伝統の一つでしかない、風土も伝統も結構だが、結局はそれを受け継ぐ者＝自分の自由を守るべきだと言っている。本書を契機に肉体論に着目しながら改めて三島と石原の文学を読み比べてみるのも面白いかもしれない。

ご存知の通り、三島由紀夫は早熟で戦後に同世代の作家が台頭する頃には既にスターであり、川端康成をはじめ先輩の大物作家と対等に交流していたが、同時に進んで若い世代や新しいアンダーグラウンドカルチャーに関わった。そこに現れたのが『太陽の季節』（新潮社）で文壇デビューし、1955年の芥川賞の受賞が半ばスキャンダラスな事件として広く社会的な関心を集めた石原慎太郎だった。石原の「徹底した反知性主義と暴力的な行動主義とにおいて、当時流行していた『平和主義』的人道主義や大正いらいの教養主義とは、まさに対極に位置していた。文章はときに粗っぽさが目立ち、批評家の多くはこのハード・ボイルド型の新人作家の登場に眉をひそめた。」（『三島由紀夫の世界』村松剛・新潮社）。その中で三島はすぐに石原の新しさを理解し、「今度、やっと連隊旗を渡すのに適当な人が見つかった」と積極的に支持をする。石原もまた自身の良き理解者として文学の世界の優れた先人を敬愛し、ナイトクラブでの遊びや当時としては一般的ではなかったボクシングの観戦、仲間うちで作ったキイクラブ「易俗化（エキゾッカ）」での放埒など、もの珍しい遊びに三島を誘い、親密な交流を続けた。

父の没後、遺品を整理していて、特定のキイ（鍵）を持つ会員しか入れなかったクラブ「易俗化」のイベントの様子を写した写真を見つけた。私がアートの世界へ進んだからだろうか、父はよく親しい仲間内で運営していたというキイクラブの話をしてくれたが、「クラブ」（『男の粋な生き方』石原慎太郎・幻冬舎）というエッセイの中でその様子に触れている。「一階の暖炉のあるフロアでは時折メンバーの芸術家たちの訳がわかるようなわからぬようなパフォーマンスが行われたものだった。ニューヨークに行って成功した荒川修作が手作りした怪しげな時計を暖炉の火の中で回しながら焼きつくし、これで二十億年の時間を超えて俺は超未来へと繋がったなどと嘯いたり、黛敏郎が不思議なカルテットを組んで『メタムジカ』なる不可解な新作を披露したり、他の誰かが現代音楽の始祖のジョン・ケイジを連れてきてこれも訳のわからぬ現代音楽の披露があったり、誰かが当時は滅多に目にすることの出来なかったインディの記録映画を上映してくれて興奮させられたものだった。いつか何かのパフォーマンスを聞きつけて僕が案内した三島由紀夫が喜んで、『んーっ、ここは魔窟だな!』と慨嘆したのを覚えているよ」。遺されていた「易俗化」の写真の中には、武満徹、寺山修司、黛敏郎、中曽根康弘など錚々たる顔ぶれが見てとれる。先述の土方巽を主人公のモデルにした石原の小説『光より速きわれら』の舞台となったクラブであり、土方や玉野黄市もこの場所に出入りしてパフォーマンスをしたことがあっただろう。そして本書表紙の写真の中では三島と石原が怪しげな芸術作品を前にして何やら語りあっている。

遺品の中には三島からの書簡もいくつか遺されていた。内容は石原の新作の感想から気軽な近況報告、英文の書評と連絡先を添えてアメリカの出版社に石原の著作を紹介しておいたので連絡をしてみてはどうか、など全てが好意に満ち溢れた手紙ばかりだった。石原は文壇デビューしたばかりの頃こそ三島を持ち上げているが、以後は弟分の気やすさか、生来の率直さ故なのか、親しく交流しながらも度々チクリチクリと三島批判を続けていた節がある。（いくつかの批評や本書の中の対談でも見て取れる。）対して三島は良き兄貴分として、ある種の包容力をもって、デビュー以来批判に晒されることが多かった石原作品に的確な批評で意味づけを与え続けた。その中で、石原による初の長編小説『亀裂』（新潮社）についても「現代小説は古典たりうるか」という論評の中で「石原氏の今までの仕事のうちで最良のものであるのみならず、戦後の長篇小説の名篇と並べても、さほど見劣りのしない作品」と賛辞を贈っている。翌年に三島によって執筆された『鏡子の家』は石原自身が言うように『亀裂』から刺激を受けて構想されたかを証明する術はないが、構成はよく似ていた。そして「時代を書くのだ」と力を込めて書かれたこの野心作は不評で『金閣寺』（新潮社）でピークを迎えていた三島の作家人生に以後影を落としていくことになる。

遺された三島の書簡の中のひとつに急性肝炎を患って療養中の石原を見舞ったものがある。石原は1966〜67年に「週刊読売」の特派員として取材で南ヴェトナムの最前線まで赴き感染したようだ。三島の手紙は大変心のこもったもので、自分や弟にも経験があるが無気力になって厄介だった、病気を一つの静観のチャンスとして世間のあわただしい動きをしばらく冷たく見つめてみたら、と勧めている。文壇の中で貴兄にだけは望みをかけているから十分の静養を望む、とも。石原はこの手紙に大層感謝して、後に「その手紙のおかげで私はようやく自分の今ある立場を甘んじて受け入れ、身の周りのすべての状況について達観し、執筆以外の時間には瞑目しながら心いくまで世の中を一人で睥睨し、自分がベトナムでの体験の末に抱くにいたった日本という祖国への危機感についても考えなおし収斂もして、結果、ただ考えているだけではすまぬという決心にいたり、次の参議院選全国区へ立候補を決心したのでした」（『法華経を生きる』幻冬舎）と述べている。しかし皮肉なことに、石原の政界入りを機に二人の関係は拗れていく。

石原は1968年参議院議員選挙全国区に自民党公認で出馬し、史上最高の301万2552票を得てトップ当選した。石原が言うように、自身の政治参加が三島の意にそまずに子供じみた嫉妬から玩具の取り合いのような形で関係を悪くしていったのかどうかは今となっては分からない。ただ、遺品の整理をしながら二人の親密な交流の痕跡を眺めている私の目からすると、それはとても哀しいことで残念でしかたがない。

参議院議員当選の一年後、前述した最後の対談「守るべきものの価値」の時点では既に二人の話はほとんど噛み合っていない。「三種の神器」と「自由」、型にこだわる三島に対して、石原は愛国憂国もけっこうだが認識の主体がどこにいってしまったのかわからぬ観念になんの意味があるのかと反論する。しかし後に三島はこの対談を自分の対談集『尚武のこころ』（日本教文社）にいれた時、後記に「旧知の仲といふことにもよるが、相手の懐ろに飛び込みながら、匕首をひらめかせて、とことんまでお互ひの本質を露呈したこのやうな対談は、私の体験上もきはめて稀である」と書いている。（対談集出版の丁度二ヶ月後に三島は自決する。）

最後の対談から更に一年後、唐突に毎日新聞夕刊紙上に「士道について―石原慎太郎氏への公開状」が掲載される。三島によると、自民党所属の議員でありながら、なぜ自民党を批判するのか、それは士道にもとるのではないかということだった。しかし、国会に籍をおいて二年の月日を経て日本の政治における防衛論の不毛に大いに不満を募らせ、前年実際にアメリカの核戦略基地を見学してきた石原は「安保の最大眼目であるアメリカの核の傘は、日本にはさしかけられてはいない」（「非核の神話は消えた―防衛論における偽瞞」『諸君』1970年10月号）として、この1970年に安保条約を自動継続する目的を確認し直す必要性を感じていた。そのような政治情勢の中でこの三島の公開状は噴飯ものだっただろう。現代の議会政治の中に武士道を持ち込むのは無理がある。石原は（以前あなたが忠告してくれたように）「私は決して芸術的政治をしようとなど心がけませんし、政治的文学をものしようなどとも思いません」と返事をした。最後の皮肉が凄まじい。「三島さんも、その陥し穴の罠に気をつけて下さい。そうでないと、あなたのプライベートアーミイ『楯の会』も、美にもならず、政治にもならぬただの政治的ファルスのマヌカンにしかなりかねませんから」。両者の溝はここまで広がっていた。

もっとも、その後一度だけ真正面から政治について二人でやりあったことがあると本書には書かれている。核の傘の抑止力と憲法の二つ問題について話し合い、三島が憲法を請け合うはずであったが答案は出されずに、その後すぐにああいったかたちで自死してしまった。

「日本はなくなつて、その代はりに、無機的な、からつぽな、ニュートラルな、中間色の、富裕な、抜目がない、或る経済大国が極東の一角に残るのであらう」（「果たし得ていない約束─私の中の二十五年」）と三島は書いた。その後、日本はどのように推移していったのか。

三島の最期にまつわる石原の嘆きは本書に記す通りである。

冒頭に述べた通り、感謝の気持ちで涙を流したのは、三島が作家・石原慎太郎の無意識の構造について正確に解析してくれたことだと石原は言った。ちょうどこの原稿を書いている中で、実家を処分する前に遺品を整理し始めた頃に見つけたまま紛れてしまっていた資料を再発見した。件の三島による解説文の一部を拡大コピーしたもので、線引きをしてメモ書きが加えられている。三島曰く「『太陽の季節』の性的無恥は別の羞恥心にとつて代られ、その徹底したフランクネスは別の虚栄心にとつて代られ、その悪行は別の正義感にとって代られ、一つの価値の破壊は別の価値の肯定に終わってゐる。この作品のそういう逆説的性格が、ほとんど作者の宿命まで暗示している点に、『太陽の季節』の優れた特徴がある」。石原はこの箇所に強く赤線を引き「ある既存の価値を破壊することは、しょせん別の価値の創造なり肯定に繋がっていくという逆説的な価値論」は後年の己の政治参加を的確に予言していることに戦慄し、胸に重く響いたと述べている。

また、同じコピー資料の中で、三島が『太陽の季節』の主人公・龍哉について書いている箇所に赤線が引かれている。三島はここで「(主人公の)龍哉の恐怖の対象には、一定の系列があることが明らかにされる。それは情熱の必然的な帰結である退屈な人生と、もう一つは、情熱が必然的な帰結を辿らなかったときの、人生と共に長い悔恨と、この二つである。」と解説しているのだが、石原はその「退屈」と「悔恨」を逆に『三島由紀夫の日蝕』内の三島の人生についての記述へと引用し「(三島)氏は氏なりにその人生を、氏としての情熱の軌跡をひいて過ぎていったのだろうが、氏が私に向かってあの素晴らしい解説の中での道標として解析し提示してくれたように、その情熱は『結局、退屈か悔恨』のいずれであったのだろうか」と問い返している。本書は最後に日本における三島の不在について亡くなった本人を責めて終了するが、それにしても終始一貫して辛辣な三島批判が続く。これは裏を返せば、間違いなく強い惜別の情であり、石原慎太郎なりの友情の証だったのだろう。この度の復刊に際して、三十年ぶりに本書を読み返してみて、かつては欠席裁判のように不公平だと感じたのとは異なる印象を受けた。

三島由紀夫の没後四十年を経過して、石原は雑誌の特集でインタビューに答えている。「三島さんに対しては僕は愛憎半ばという感じもあるけど、あの人のことは本当に好きだった。頭のいい人でね。僕にとって文壇において他の文士とは全く違う存在だった。三島さんには分析力、洞察力があったし、鋭い人だった。それで独特のレトリシアンだったし。

とにかく知的な刺激を受けましたね。そういうキラキラした人がいなくなっちゃったじゃない？　三島さんが死んで日本は退屈になった。これで僕も死んだら、日本はもっと退屈になるだろう（笑）」（「三島さん、懐かしい人」『中央公論特別編集 三島由紀夫と戦後』中央公論新社）ここで初めて石原は三島のことを「好きだった」と言っている。年月を経て漸くわだかまりが払拭されていったということか。昭和百年、三島も石原も既に鬼籍に入っている。

この原稿を書くために二人が生きていた日本が今よりも生命力に満たされていた時代を辿るのはとても興味深い時間だったが、三島のほぼ全てを否定しているような本書に戻りながら二人の確執と三島の最期について読み返さねばならないのは何ともやるせなかった。そのような時、偶然に高校時代の友人が提供してくれた三島に関する逸話にとても救われた。彼の家と三島家は家族ぐるみのつきあいがあったらしい。ＳＮＳで三島由紀夫研究会の公開講座へ行ったことを報告すると、すぐに「俺は子供の頃によく三島由紀夫に遊んでもらっていたよ」という驚くべき便りが送られてきて久しぶりに会って話を聞くことにした。遊びの様子は「怪獣の私生活」（『三島由紀夫全集』新潮社）という三島のエッセイの中で「子供の友だちが大ぜい我家に集まると、他におもてなしの術を知らぬ私は、ショーツ一つで、胸を叩き、奇声を発して、怪獣になつてあばれ廻つて、人気を博してゐる。子供たちはみんなテーブルの下にかくれてをののき、私が背を向けて去ると、こつそりつけて来て挑発する。そのうち一番幼ない子供は、三島の家では、『怪獣が人間と一緒に住んでゐる』と心から信じてゐるさうだ」と語られていて、その「一番幼ない子供」というのが私の友人だった。「寝室のカーテンの陰に隠れたりするのだけれども、ゴツンと硬いものにぶつかってよく見てみたら日本刀だった」と笑いながら「備えとして寝床の横にいつもキチンと刀を置いていたのだろう、真面目な人だったんだよ」と彼は言った。別れ際に『ちっちゃな淑女たち～カミーユとマドレーヌの愛の物語～』（セギュール夫人（著）、三島由紀夫（監修）、平岡瑶子（翻訳）、松原文子（翻訳）・小学館）という美しい児童書を「まだ数冊あるから分かる人に持っていて欲しい」と手渡された。この本の著者は19世紀フランスの童話作家セギュール夫人で、友人のご母堂と三島夫人の共同翻訳で１９７０年7月に出版された。三島由紀夫が日本語部分を監修して序文も書いている。「『ちっちゃな淑女たち』は、一見古めかしい物語ですが、（中略）しつけや道徳にしっかりした基準のあった時代の、しっとりとおちついたふんいきや詩情がにじみ出ています」。「今の日本で、こういう本を子どもに読ませることには、どういう意味があるでしょうか。時代も生活環境も宗教も習慣も、何もかも、一つとして今の日本に妥当するところのない美しい物語。（中略）正にそのことが、この本が今の日本で読まれるべき理由だと私は考えます」。「『ちっちゃな淑女たち』には、美しい言葉、美しい心、美しい行為とは何かということが絶えず問われています。そのむかしのフランスで美しかった言葉、美しかった心、美しかった行為が、今の日本でそのまま美しいとは限りません。けれども、ある形に結晶し完成された生活や道徳は、その安定した美しさで、別の美しさを誘い出します。一つの美しさは別の美しさと照応し、一つの美しさによって別の美しさが誘い出される。これが美の法則でもあり、道徳の法則でもあります。美しさは『誘い出される』のです」。「私はなるたけ古風で、大時代な、品のいい言葉づかいを選び、現代の粗雑な会話を聴きなれた耳には、まだるっこしくもあり、こっけいにもきこえるような会話の文体を、たいせつにするように家肉にも忠告しましたが、それこそ、今この本が世に出ることの、一つの意義にもなろうかと思ったからです」。「われわれは未来へ目を向けすぎ、時代おくれを気にしすぎます。しかし子どもたちに『時代おくれ』の典雅とやさしさの魅力を、じっくりと教え込むことも、親のつとめだと、私には思われたからです」。

グローバリズムに翻弄される今の世に、一つの楔として確かに三島由紀夫の視点は必要なのかもしれない。

本書は、数年の時差をおいて対発生した自意識過剰と無意識過剰の二つの才能が昭和の一時代を共有し駆け抜けたひとつの証として、一方が他方について語ったものである。本書を契機にして、あらためて三島由紀夫と石原慎太郎の「文学」を手に取って読んで頂ければありがたいと切に願います。

石原延啓

＊『光より速きわれら』（石原慎太郎）は土方巽をモデルとした舞踏家・葛城藤兵衛が水先案内人となって不思議な身体感覚の世界へ読者を誘う。舞踏関係者に舞踏の全てが描かれていると言わしめた。『肉体の天使』（石原慎太郎）は世界グランプリを何度か制した天才ライダー片山敬済をモデルにした、形象から離れた肉体の本質に迫る小説。石原本人が三島由紀夫へのオマージュとして書いたと述べている。

＊三島と石原の関係がもつれていく経緯は石原東京都知事の都政を副知事として支えた参議院議員で作家の猪瀬直樹氏の石原慎太郎評伝『太陽の男　石原慎太郎伝』（中央公論新社）に詳しい。猪瀬氏には優れた三島由紀夫評伝『ペルソナ　三島由紀夫伝』（文藝春秋）が著作にあり、都庁知事室で石原と何度も三島について話をしたことがあるという。

＊三島由紀夫の人生を辿るのに村松剛氏の『三島由紀夫の世界』を参考にした。村松氏は三島と石原の共通の友人であり、近しい立場から三島に対する深い思いやりに満ちている評伝。また、村松氏は石原が文学から政治の世界に進む頃に貴重なアドバイサー的な存在だったと思われる。父・石原慎太郎の生前に何度もその名前を耳にしたので信頼感があった。

本書は、一九九一年（平成三年）に新潮社から刊行された『三島由紀夫の日蝕』を底本にしている。原文をそのまま採用しているが、読みやすさを考慮して一部体裁を整えた。

初出一覧

「三島由紀夫の日蝕——その栄光と陶酔の虚構」／「新潮」一九九〇年（平成二年）十二月号
「新人の季節 三島由紀夫との対談」／「文學界」一九五六年（昭和三十一年）四月号
「対談 七年後の対話」／「風景」一九六四年（昭和三十九年）一月号
「対談 守るべきものの価値——われわれは何を選択するか」／「月刊ペン」一九六九年（昭和四十四年）十一月号

ブックデザイン　鈴木成一デザイン室
DTP　株式会社千秋社
校正　有限会社くすのき舎
編集　村嶋章紀

石原慎太郎（いしはら・しんたろう）
一九三二年神戸市生まれ。一橋大学卒。
五五年、大学在学中に執筆した『太陽の季節』（新潮社）で
第一回文學界新人賞を、翌年芥川賞を受賞。
『亀裂』（文藝春秋）、『行為と死』（河出書房新社）、『肉体の天使』（新潮社）、
『弟』（幻冬舎）、『天才』（幻冬舎）など著書多数。

三島《みしま》由紀夫《ゆきお》の日蝕《にっしょく》 完全版《かんぜんばん》

二〇二五年三月一一日 初版第一刷発行

著者 石原《いしはら》慎太郎《しんたろう》

発行者 岩野裕一
発行所 株式会社実業之日本社
〒一〇七-〇〇六二
東京都港区南青山六-六-二二 emergence 2
電話(編集)〇三-六八〇九-〇四七三
(販売)〇三-六八〇九-〇四九五
https://www.j-n.co.jp/

印刷・製本 TOPPANクロレ株式会社

ISBN978-4-408-65132-3(第二書籍)